函館駅殺人事件

西村京太郎

講談社

函館駅殺人事件——目次

第一章　函館港（はこだて）

1

金井英夫（かないひでお）は、デッキに立って、近づいて来る函館の町を見つめた。

あと三十分で、金井の乗っている青函（せいかん）連絡船「摩周丸（ましゅうまる）」は、函館駅の桟橋（さんばし）に着く。

金井の眼は、九年ぶりに見る故郷の景色を、一つ一つ、確かめるように拾って行く。

すり鉢を逆さに伏せた形の函館山は、山肌のところどころに、白く雪を残していた。海面を吹きつけてくる風も、冷たく、痛い。東京は、彼岸を過ぎて、さすがに、一日一日と春らしくなっていたが、この函館は、まだ粉雪が舞っていた。

それでもなお、眼の前に近づく景色がなつかしく思われるのは、生まれ育った土地だからか、それとも、警察に追われている身だからか。

甲板に出て来た人々も、寒さに驚いて、すぐ客室に戻ってしまい、残っているのは、金井だけになった。

右手にドックが見える。白と赤にまだらに塗られた大型クレーンが二基。灰色の景色の中で、際立って派手な感じだ。あのクレーンは、九年前、金井が函館を出て行くときに、あったろうか。

あのとき、二十三歳の金井には、函館の町も、町を取り囲むすべての景色も、頼りなく、うす汚れて見えていた。こんな町で、おれの一生が埋もれていいものかと思っていた。

青函連絡船の上で、金井は、前方の、本土の景色だけを見つめていた。そこには、彼の野心を受け入れてくれる大都会が、あるはずだった。

いや、確かに、東京という巨大な街は、金井の野心を受け止め、育ててくれるように見えた。

五年間、一度も郷里の函館には帰らず、金井は戦い続け、なんとか勝つことができた。彼の勝手な思い込みではなく、カメラマンとして、なんとか五年で食えるようになったのである。

二十八歳。得意の絶頂だった。新進気鋭の写真家といわれ、次々に注文が来た。そのためには、何人ものライバルを蹴落としたのだが、そんなことは当然のことだと思っていた。誰だって、そうやって偉くなったのだ。

だが、突然、足をすくわれた。

マンションの自室で寝ているところを、突然、刑事に踏み込まれ、逮捕されたのである。容疑は、泥酔して車を運転し、老人をはねて殺したというものだった。

事実、彼の買ったばかりのポルシェには、人をはねた痕(あと)があり、目撃者も出てきた。悪いことに、金井は、その一年前、酔って車を運転していて衝突事故を起こし、同乗していた若いモデルに重傷を負わせていた。

裁判では、無実を主張したが、いれられず、懲役四年の判決を受けて、刑務所に送られた。交通事故ではなく、重過失致死とされたのである。

一週間前に出所したのだが、出所してから、自分を罠(わな)に落とした奴がわかった。同じ写真仲間というより、金井の後輩だった。しかも、彼が可愛がっていた男なのだ。

カッとして、銀座のクラブで飲んでいるところへ、乗り込んで行った。最初から殺すつもりではなかった。思いきり殴りつければ、少しは気がまぎれるだろうし、マスコミがこの事件を取り上げてくれて、警察が再調査してくれればいいと考えたのだ。

しかし、奴は、証拠があるかと開き直り、奴と一緒にいた大男が、金井を半死半生の目にあわせ、店の外に放り出した。

次の日、金井はナイフを買い、奴の帰りを待ち伏せて、背中から刺して殺した。

見ていた女がいた。いや、誰にも見られなくても、たくさんの人間が、前日の夜、銀座のクラブでやり合ったことを知っているのだ。

警察は、簡単に金井を割り出すだろう。

だから、逃げた。

空港は、警察が張り込んでいると思い、上野駅から、東北新幹線に飛び乗った。盛岡から東北本線、青森からは、青函連絡船に乗った。

青森一二時一五分発の「摩周丸」である。

2

近づいて来る函館の町は、灰色の空の下で、眠っているように見えた。

船内のアナウンスが、「あと七分で到着です」と、告げている。続いて、函館発の列車の案内が始まった。

他の乗客も身支度をして、二階のデッキに集まって来た。

「摩周丸」は、速度をゆるめ、タグボートが近づいて来て、約五千四百トンの船体を、桟橋に向かって押し始めた。

船と桟橋をつなぐ電動式のギャングウェイが、口をあけて迫って来る。一本、二本と数えてみると、四本ほどあった。

普通船客用のギャングウェイの一階上に、グリーン客用のギャングウェイが見えた。

船体が完全に接岸し、二階デッキとギャングウェイがつながると、下船が始まった。

どの乗客も、持ち切れないほどの荷物を持っている。帰郷の土産物なのだろう。そんな中で、金井一人が手に何も持っていなかった。函館には、すでに両親も死亡していないし、親戚はいても、彼が投獄されたときに縁を絶っている。

金井は、コートの襟を立て、サングラスをかけ直して、他の乗客の後についた。

ゆるい傾斜のついたギャングウェイを降りると、突き当たりで、左右に分かれている。

右が出口、左が列車のホームと掲示がしてある。

ふいに、金井の顔色が変わった。

正面左手に、公安室があり、その前で、二人の鉄道公安官がじっと、降りて来る乗客を見つめていたからである。

金井は一瞬、東京から手配が来て、彼が連絡船から降りて来るのを待ち受けているのかと思った。あわてて前の乗客のかげにかくれ、顔を伏せるようにして出口のほうに向かった。

(追いかけて来るのか?)

と、背筋をこわばらせたが、鉄道公安官は、追いかけて来なかった。

金井は知らなかったが、彼が刑務所に入っている間に、函館駅の構内で、五千万円の盗難事件があり、さらに一週間前にも殺人事件があった。ともに、まだ犯人はあがっていなかった。そのため、構内の警備が、厳重になっていたのである。

改札口を抜け、階段を降りて、駅の外へ出た。

桟橋から、直接、外へ出てしまったので、気がつくと、駅の正面からかなり離れた場所にいた。

そのことが、金井をほっとさせた。奴を殺してから、というより、刑務所に入ってから、暗い場所のほうが落ち着くのだ。

雪は止(や)んでいたが、舗道は黒くぬれていた。粉雪が積もって、それがすぐ溶けたのだろう。

眼の前の大通りを、北国らしく、車がスパイクタイヤをきしませて走って行く。それに、市電がごとごとと音を立てて通って行った。市電は、まだ残っていたのだ。

「ようこそはこだてへ」という看板が眼に入った。もちろん観光客用の文句だが、金井は、その言葉に、少しは心の安らぐのを覚えた。

細い路地を選んで歩き、小さな日本旅館を見つけて、中に入った。

幸い部屋は空いていた。「三田健一(みたけんいち)」と偽名をいって、泊まることにした。二階へ案内してくれた中年の女中が、うさん臭そうに金井を見たのは、彼が荷物を何も持っていなかったからだろう。

金井は、お茶だけ飲んで外へ出ると、近くの公衆電話ボックスに入り、百円玉を何枚も眼の前に重ねておいてから、東京に電話をかけた。

すぐ、マリ子が電話口に出た。ひどく緊張した声になっている。

「僕だ。今、函館に着いた」

「私も、すぐ行くわ」

「来ても、一緒に逃げ廻ることになるのが、おちだよ」

「でも、私に来てほしいから、電話くれたんでしょう？　昨日、会社に辞めるといったわ。もう、何をしてもいいの。これから飛行機に乗るわ」

「ありがとう」

「何いってるの。ただ、函館行きの最終便には間に合わないから、千歳（ちとせ）行きの飛行機に乗るわ」

「そのほうがいい。警察は、きっと君も監視しているから、直接ここへ来たら、刑事もやって来る」

「じゃあ、千歳に着いたら、電話するわ」

「そうしてくれ」

金井は、旅館から持ってきたマッチに書いてある電話番号を、マリ子に教えた。

金井は、電話ボックスを出た。最後に、マリ子が「愛してるわ」といい、その言葉が、金井の耳に甘く残った。前には照れ臭いだけの言葉だったのに、追われる身になった今は、胸にじーんと応（こた）える嬉しさだった。気弱くなっているのが自分にもわかって、情けなかった。

少しずつ、函館の町を、夕闇が包んでくる。今日は、曇っているから、いつもより暗くなるのが早そうである。

すぐ旅館に戻る気になれず、金井は、ふらふらと函館の町を歩く気になった。

マリ子は、すぐ飛行機に乗るといった。彼女のことだから、電話を切るとすぐ、タクシーを羽田空港に飛ばしたに違いない。それでも、彼女が千歳に着くのは、一時間半後になるだろう。

なんとなく、港に向かって歩きながら、金井は、マリ子のことを考えていた。金井は、カメラを、もう持つことはないし、逮捕されれば、何もかも失ってしまう。いや、前に逮捕されたときに、すでに失っていたのだと思う。ただ一つ、残っていたものといえば、マリ子の愛情だけだった。

彼女の愛情を期待していたからではない。というより、マリ子と特に深い関係にあったわけでもなかった。得意の絶頂にあった頃の金井は、何人もの女と関係があった。若いモデルもいれば、三十代の有名女優もいた。

芸能週刊誌に、その女優との情事をすっぱ抜かれたこともある。それさえ、当時の金井にとっては、勲章だった。

マリ子は、当時、無名に近いモデルで、いやに背の高い女だなという印象しか持っていなかった。高校時代バレー部にいて、センタープレイヤーだったというだけに、金井と同じ一七五センチの身長で、それにふさわしく手足が長く、コマーシャルフィルムでポーズをとるとき、その長い手足を持て余している感じだった。

マリ子が君に惚れていると、友人にいわれたときも、ああそうか、と簡単に受け流しただけだった。当時の金井は、プレイボーイを自任していたし、もっと好きな女がいたからでもある。

罠にはまって刑務所に放り込まれたとき、何人もいた女たちが、あっという間に、姿を消してしまった中で、マリ子だけが、出所するまで、彼を励まし続けてくれた。

「なんで、おれなんかを好きになったんだ？」

と、金井は聞いたことがある。マリ子は、そのとき、

「私みたいなノッポを好きになってくれるのは、金井さんしかいないと思って、ずっと待ってたの」

と、いった。が、もちろん、それは、わざとそういったのだろう。金井が刑務所に入っている間、マリ子は、モデルとして人気が出てきて、レコードまで出すようになっていたからである。ただ背の高さだけが目立っていた十九歳の女の子は、洗練されて、眼をみはる美女に変身していた。

港に出た。

旅行者には、函館港は、青函連絡船の発着港だが、ここは漁港でもある。

白い漁船が何隻か、つながれているのが見えた。

漁師たちの姿がないのは、すでに、今日の漁を終えて、漁船は休息しているのだろう。

風が冷たいが、それを我慢して、金井は、しばらく漁港を眺めていた。心の安まる景色だったからである。

青森行きの連絡船が出港するらしく、汽笛が聞こえてきた。

確か、一七時ちょうどに出港する連絡船があったから、その便が出るところだろう。

眼の前の漁船も、もう黒いシルエットになった。

強い風の中で、金井は港に背を向け、歩き出した。

(これから先、どうしたらいいだろう?)

金井は、歩きながら考えた。それは、これからどうなるのかということでもある。

マリ子が、北海道まで、追いかけて来てくれるのは嬉しい。孤独で、追われている金井には、生きていく力を与えてくれる存在だった。

だが同時に、彼女を巻き添えにしたくないという気持ちもある。

今度は、明らかに殺人なのだ。自分を罠にかけた男を殺したのだとしても、何年間かの刑務所暮らしは、まぬがれない。今度もまた、マリ子に待っていてくれとはいえない。

歩いているうちに、函館の町は、完全に夜のとばりの中に沈んだ。

金井は、緊張が少しゆるむのを感じて、丸めていた背を伸ばした。夜の闇が自分を押し包み、警察の眼から隠してくれるような気がしたからである。

東京に比べると、函館駅前でも、ネオンの数ははるかに少なく、暗い空間が多い。函館駅のネオンが、輝いている。「れんらく船のりば」という同じ赤いネオンも、暗い中で目立っていた。

金井は、その文字を横に見ながら、暗いビルのかげを伝うようにして、旅館に戻った。

一階隅の風呂に入り、冷えた身体(からだ)を温めて、部屋に戻ると、夕食が運ばれていた。食事の途中で、テレビをつけた。古びたテレビで、画面はぼんやりしている。午後七時のニュースが始まっていた。

金井は、箸(はし)を止めて、じっとざらつく画面を見つめた。

関係のない出来事のニュースが続いたあと、急に画面に金井の顔が映った。

〈金井英夫〉

と、写真の下に名前が出た。

アナウンサーが、それにかぶせるように喋る。

——銀座裏で起きた殺人事件について、捜査一課は、引き続き、金井英夫容疑者の行方を追っています。金井容疑者は、郷里の函館に逃げたのではないかと見られていますが、まだその行方は、わかっていません。この事件は——

アナウンサーは、金井が、殺人を犯した動機を喋り始めた。

（間違っている！）

と、叫びたくなった。

四年前の交通事故は、罠にはめられたのだ。泥酔してポルシェを走らせ、老人をはねて殺したのは嘘なのだ。

それなのに、アナウンサーは、それを事実として喋っている。金井があいつを刺し殺したのは、警察に密告されたのを逆恨みしてと、いっている。

警察だって、当然、金井が逆恨みして殺したと思っているだろう。

金井は、食欲がなくなって、煙草に火をつけた。夕刊も入れてくれていたので、それを広げてみた。

金井のことは、夕刊にも出ていた。扱いが小さいのは、ここが東京から遠く離れた函館だからだろう。

小さい扱いでも、金井の顔写真は、ちゃんとのっている。

（この旅館の人間は、この記事と写真を見ただろうか？）

急に強い不安が襲いかかってきた。もう警察に連絡しているのではないのか。パトカーが、血相を変えた刑事を乗せて、こちらへ向かっているのではないか、そんな疑いが、雲のようにわきあがってくるのだ。

突然、部屋の隅に置かれた電話が鳴った。金井は、ぎょっとして電話を見た。

（マリ子かもしれない）

と思い直して、金井は、受話器を取った。

「お客さんに千歳から電話が入っていますよ」

と、帳場からの声で、マリ子の声に代わった。

「今、空港です。これからすぐそっちへ行きます」

と、マリ子がいった。

「ちょっと待て」

「どうしたの？　すぐ、会いたいの」

「つけられてなかったかい？」

「え？」

と、マリ子はきき返してから、受話器を手に持ったまま、周囲を見廻しているようだったが、

「男の人が、こっちを見てたわ。すぐ視線をそらせてしまったけど」

「警察は、僕が函館に行くのではないかと思っているんだ。北海道に向かった君は、当然、つけられていると思わなきゃいけない」

「どうしたらいいの？」

「いったん札幌に出て、ホテルをとってくれないか。少し様子を見たほうがいいと思う。それから、君に函館に来てもらってもいいし、僕がそっちへ出かけてもいい」

「わかったわ。これからタクシーで、札幌へ行くわ」

「そうしてくれ」

「あなたは、大丈夫？」

「大丈夫だよ。君が同じ北海道にいるんだと思うだけで、勇気がわいてくるんだよ」

「本当？」

「ああ、本当だ。ただ君を巻き込むことが——」

と、金井がいいかけると、マリ子は、

「私が悲しくなるようなことは、いわないで！」

と、強い調子でいった。

「わかったよ。君に会えるのを、楽しみにしているよ」

「札幌に着いたら、また電話する。私ね、ちっとも怖くないの。金井さんは怒るかもしれないけど、スリルを楽しんでるわ」

明るくいって、マリ子は、電話を切った。

金井は、しばらくの間、受話器を持ったままでいた。

マリ子は、すぐ飛んで行くといっていたが、本当に千歳まで来てくれたことが、嘘のように感じられた。

(明日は、会えるだろうか？)

第二章　札幌―函館

1

「彼女が、タクシー乗り場のほうへ行きます」

亀井が、ささやいた。

十津川は、黙って肯き、亀井と歩き出した。

空港ロビーを出たマリ子は、まっすぐにタクシー乗り場に向かって歩いて行く。

マリ子は、タクシーに乗り込んだ。十津川と亀井も、すぐタクシーに乗り、「あの車を追ってくれ」と、運転手にいった。

千歳空港から札幌に向かう高速道路の両側は、まだ一面の銀世界だった。

月明かりの中で、幻想的な世界に見える。

スパイクタイヤをつけたタクシーは、道路に積もったかたい雪をきしませて、走り出した。

「さっき、彼女は、金井に電話したと思われますか？」

リア・シートに身体を沈めるようにして、亀井が、十津川にきいた。

「他には考えられないね」

十津川が、短くいう。

「金井は、今、どこにいるんでしょうか？」

「さあね。東京なら、彼女は東京で連絡するだろう。この北海道のどこかだな」

「札幌ですか？」

「かもしれないし、郷里の函館かもしれない」

「函館には、もう金井の両親はいません。遠い親戚がいるだけです」

「それでも、故郷というものは、いいものなんじゃないかね。これは、東京育ちの私より、東北育ちのカメさんのほうが、よくわかっていると思うがね」

十津川がいうと、亀井は、急に遠くを見る眼になって、

「そうですね。故郷は、いいもんです。私も死ぬときは、東北の山の中で、と思いますよ」

「カメさんは、当分、死なないよ」

と、十津川はいって、笑った。

まっすぐ伸びた道路の両側は、どこまでも続く雪景色だ。

「殺された松本弘（まつもとひろし）のことなんですが」

間を置いて、亀井がいった。

「ああ」

「犯人、金井英夫の弟分にあたります。金井が刑務所に入る前は、ずいぶん可愛がっていたようですね」

「それだけに、事故を密告されたと知って、カッとなったんだろう」

「問題のクラブで、もめたときのことなんですが、ホステスの一人が、こんな証言をしてるんです。金井が、松本に向かってですが、よくもおれを罠にはめてくれたな、おかげで、四年も刑務所暮らしをさせられたうえ、すべてを失ったと、いったというんです」

「それに対して、松本は、何といったんだ？」

「証拠はあるのかといったそうです。そして、松本と一緒にいた男が、金井を叩きのめして、クラブの外へ放り出しました」

「元ボクサーで、松本の助手をやっていた男だったね」

「名前は、青山恵という男です。ウェルター級の六回戦ボーイだった男で、その頃は、ジョー・青山というリングネームを持っていました。二十五歳で、確かに写真家志望で、松本の助手になってはいたんですが、松本は、自分のガードマン代わりに、この男を助手にしていたんじゃないかと思うんです」

「金井が出所してくると、やられるというので、用心棒として傭ったということかね？」

「そうです」

「しかし、松本としては、恨まれているわけだから、仕方がないだろう。自分で金を出して傭ったのなら、警察で口を挟めることじゃないし、青山がやり過ぎて、かえって金井の怒りを倍加させてしまい、殺人にまでいってしまったということなんだろう――」

「そうなんですが――」

「何がいいたいんだい？　カメさん」

「ホステスがいったことが、どうしても引っかかるんです。金井が、松本に向かって、罠にはめたなと、なじったというのが」

「カメさんは、それを、四年前に金井が事故を起こしたのを、松本が密告したことだとは、とらないわけだね？」

「密告したのを恨んでいたのなら、よくも警察にいってくれたなとでも、いうんじゃありませんかね」

「ふーん」

「それで、四年前の交通事故についての警察の調書を、もう一度、読んでみる気になったんです」

亀井は、丸めて、コートのポケットに入れておいたものを取り出して、十津川に見せた。

「飛行機の中で、カメさんが熱心に読んでいたのは、それかね」

「これは、コピーです。あの事故は、深夜の横浜市内で起きたもので、捜査したのは、神奈川県警です」

「確か、泥酔して、ポルシェをぶっ飛ばし、老人をはねて殺したんだったね」

「そうです。目撃者が二人いて、金井は、逮捕されました。運転していたのは、間違いなく金井で、はねたあと、老人の息の根を止めるために、もう一度ひいたとも、証言しているんです」

「それで、四年も、刑務所暮らしというわけか」

「前にも、交通事故を起こしていますしね」

「それで、この調書の写しを読んで、カメさんの疑問が、解けたのかね？」

「金井は、一貫して、否定しています」

「否認のまま起訴されたわけか」

「そうです」

「有罪の決め手は、何だったんだろう？」

「目撃者の二人の証言と、金井にアリバイがなかったことです。ポルシェが老人をはねて殺したのは、四年前の三月六日の午前二時頃です。金井は、自宅で寝ていたといっていますが、証人はいなかった」

「そんな時刻なら、たいてい寝ているさ。それで、二人の証人というのは、そんな時刻に何をしていたんだ？」

「屋台のラーメン屋を夫婦でやっている男女です。彼らは、白いポルシェと東京のナンバー、それに、いったん車から降りて来た人間の恰好を覚えていて、証言しているんです」

「午前二時だと、運転していた人間の顔なんかは、見えないんじゃないかね？」

「顔は見ていませんが、背恰好、服装などは覚えていて、証言しているんです。白いタートルネックのセーターの上に、黒の皮のジャンパーを着て――うすいサングラスをしていたそうです。その恰好は、金井がポルシェを運転するとき、よくするのと同じだったようです。それに、この男は、現場に銀座のクラブのマッチを落としていったんですが、そのクラブは金井がよく行く店で、しかも彼の指紋がついていたわけです」

「証拠は、揃っていたというわけだね？」

「完全です。しかし、ひょっとすると、本当に金井ははめられたので、はめた男は、同業者の松本だったのかもしれません」

「それで、ホステスの聞いた言葉が、生きてくるというわけかね？」

「そうなんです」

「金井は、四年前に罠にはめられた仇を討ったというわけか？」

「それが正しければ、今度の金井の犯行には、同情の余地があると思いますが」

「四年前の事件が罠だったと、証明できればだろう」

「確かにそうですね」

「カメさんは、金井に同情的なんだね」

「そうでもありませんが」

「カメさんも同じように、夢を抱いて、北の国から東京に出て来た男だからかね？」

「それもあるかもしれません。金井のことを少し調べてみたんですが、九年前に函館から東京に出て来ています。それから五年間、夢中で働いて、やっと一人前の写真家として認められたわけです。金もコネもなく、よくやったと思いますね。そのとたんに刑務所に放り込まれ、出て来たら、自分の弟分だった松本が有名になっている。もし松本が罠にはめた張本人だったら、殺したくなるのも、当然のような気がしたんです。殺人犯を追いかける刑事が、犯人に同情するのは、禁物かもしれませんが」

「カメさんらしくていいさ。ただ疑問があるね」

「どんなことですか？」

「四年前の事故についていえば、はねられた老人は、なぜ午前二時にそんなところにいたんだろう？　三月六日といえば、まだ寒いだろうに」

「調書によると、この老人は、事故現場近くに住む六十五歳の男で、ジョギング好きで、よく、真夜中に自宅付近を走っていたそうです。この日もジョギング中だったと思われますね。夜中に走るほうが車も少ないし、気持ちがいいと、いっていたようです」

「それを知っていて、金井の行きつけのクラブのマッチが手に入る人間、それに金井のいつもの服装にくわしければ、罠にはめられるわけだね」

「松本は、その条件に合っていたわけですよ。ジョギング好きの老人のことは、誰かに聞いたとすると、他のことは、松本は、可能だったはずです。金井に可愛がられていましたから、彼の指紋のついたマッチも、簡単に手に入ったでしょうし、金井の服装の真似もできるし、ポルシェも勝手に動かせたと思いますね」

2

亀井は、熱っぽくいった。彼自身がいうように、当の犯人を追っているときに、刑事があまりにも相手に同情するのは、いいことではないだろう。

「それは、金井を逮捕してから、考えることだな」

と、十津川は、釘を刺した。

いつのまにか、十津川たちを乗せたタクシーも、前を行くタクシーも、札幌市内に入っていた。

前の車が、札幌駅近くのホテル「K」の前で停まった。

車から降りたマリ子が、ホテルの中へ入っていくのを見届けてから、十津川と亀井も、タクシーを降りた。

ロビーに入って行くと、マリ子が、ボーイに案内されて、エレベーターのほうへ歩いて行くところだった。

彼女の姿が、エレベーターに消えるのを待ってから、十津川は、フロント係のところに行き、警察手帳を見せた。

瞬間、フロント係の顔が、緊張する。

「今の女性だがね」

と、十津川がいうと、

「藤原(ふじわら)マリ子様のことですね」

「そう。何号室か、教えてもらいたいんだ」

「八一五号室ですが、あの方が、何か?」

「いや、そうじゃないんだ。彼女、予約していたの?」

「いえ。予約は、なさっていませんでした」

「しかし、こういうホテルは、予約なしの客は、泊めないんじゃないのかな?」

「そうなんですが、藤原マリ子様は有名な方ですし、去年の夏、仕事でいらっしゃって、一週間、お泊まりになったことがあるんです。それでお泊めしました」

「なるほどね。それで、出発は？」

「今日一日だけのお泊まりです」

「ところで、この男が、ここに泊まっていないかね？」

亀井が、金井英夫の顔写真を、相手に見せた。

フロント係は、同僚にも、その写真を見せてから、

「お泊まりになっていらっしゃいませんね」

「われわれも、今日一日、泊まりたいんだが」

と、十津川は、いった。

マリ子と同じ八階のツインルームを用意してもらい、彼女がどこかへ電話したり、逆に外からかかって来たら、教えてくれるように頼んだ。

エレベーターで八階の部屋に入ってから、十津川は、しばらく考えていたが、

「ここは、カメさん一人で、大丈夫かな？」

と、亀井にきいた。

「大丈夫ですが、警部は、どうされるんですか？」

「金井はすでに函館に行ってると思うんだよ。それで、私も今夜中に函館に行って、

向こうの警察にも、協力を得ておこうと思うんだ。藤原マリ子も、やがて函館へ行くんだと思う」

「その点は、同感です。金井がここへ現われることは、まずないと、私も思います。こんな、大きくて明るいホテルは、逃亡者にふさわしくありません」

「私は、函館に着いたら、駅に近い西警察署に顔を出すつもりだ。今夜は、多分、西警察署に泊めてもらうことになると思う」

十津川は電話をかけておいてから、亀井に送られて、ホテルを出た。

札幌駅に着いたのが、午後八時六分。なんとか、二〇時一五分発の特急「北斗10号」に、乗ることができた。

四月末から五月にかけては、このあとに函館に朝着く特急が走るが、今は、この「北斗10号」が、函館行きの最終列車である。

九両編成のディーゼル特急は、十津川が駈け込むと同時に、発車した。

九両のうちの六両までが、指定席である。8号車の指定席に腰を下ろすと、十津川は眼を閉じた。

ウィークデイだが、函館行きのこの列車は、ほぼ満席だった。

十津川は、亀井がタクシーの中でいったことを、思い出していた。どうも亀井は、四年前の事故を、金井英夫を陥れるための罠だったと、思っているらしい。

もし、それが事実なら、無実の罪で、四年の刑務所暮らしをした金井が、怒りに委せて、自分を罠にはめた松本を殺した気持ちが、わからないではない。

金井の今度の罪も、情状酌量されるだろう。

だが金井は、肝心の松本を殺してしまっている。金井が、いくら四年前の事故は罠だったと主張しても、真犯人の松本がいなくなってしまっては、証明が難しいに違いない。

(それにしても、松本という男は、自分を可愛がってくれていた金井を、なぜ、そんな罠にはめたのだろうか?)

それがわかるようでもあり、不可解でもある。

松本は、若くて、野心に満ちた写真家だった。そんな彼にとって、身近にいる金井が、いちばん邪魔になる壁だったのか。だから、ぶちこわした。そういうことかもしれない。

考えているうちに、十津川は眠ってしまった。

眼がさめると、近くの座席にいた二人連れの若い娘が、クスクス笑っている。疲れていたので、大きないびきをかいていたらしい。

十津川は、照れかくしに、立ち上がって、トイレまで歩いて行った。

列車が停まった。長万部である。

3

午前零時一九分に、函館駅に着いた。

どっとホームに降りた客は、二つに分かれる。一斉に駈け出す乗客と、ゆっくり歩く乗客にである。

零時四〇分に、最終の青函連絡船が出港する。ここから、その船に乗る人たちは、連絡船の桟橋に向かって、駈け出すのだ。

逆に、この函館で降りる乗客は、ホームをゆっくり歩く。

十津川もゆっくり歩いて、改札口を出た。

西警察署の岡田という部長刑事が、迎えに来てくれていた。亀井と同じくらいの年齢である。

駅の外に駐めたパトカーに案内しながら、

「一応、主だった市内のホテルや旅館に電話してみたんですが。金井と思われる男が泊まっているという申し出は、ありませんでした」

と、いった。

「そうですか」

「ここに来ているとすれば、むろん、偽名で泊まっているでしょうから、金井が来ていないとは、断定できませんが」

「明日になれば、わかると思いますよ」

と、十津川はいった。

パトカーに乗った。

岡田は、運転席に腰を下ろしてから、

「東京に比べると、この函館は、ずいぶん小さな町でしょう」

と、微笑して、十津川を見た。

「私は、小さな町のほうが好きですよ。東京は大きくなり過ぎて、情緒がなくなってしまっていますからね」

十津川はいいながら、自分が出て来た函館駅に眼をやった。

駅のコンコースは、まだ、明々と灯がついている。ぽつり、ぽつりと乗客が入って行くのが見えた。

「零時四〇分に連絡船が出港すると、この駅も閉まってしまいます」

といってから、岡田は、車をスタートさせた。

深夜の町を五、六分走ると、茶色いレンガ作りの西警察署に着いた。

すぐ署長に会って、十津川は、協力を頼んだ。

小柄で、温厚な感じの署長は、熱いお茶をご馳走してくれてから、

「喜んで、協力させてもらいますよ」

「ありがとうございます。前は、西警察署は、もっと駅に近いところにあったと思うんですが？」

十津川がきくと、

「そうです。前は、港に近い大町(おおまち)にあったんですが、この海岸町に移ったんですよ。もともと西警察署は水上警察署として出発しましたので、港湾の取り締まりを主としていたんですがね。最近は、連絡船の利用客も、また函館港に入る船も減りましてね。市内の警備のほうが、大きなウェイトを占めるようになったので、移転したわけです」

「それにしては、今夜、駅の構内に、警察官の姿が多かったような気がしますが？」

と、十津川はきいた。

署長は、お茶を口に運んでから、

「気がつかれましたか？」

「鉄道公安官の姿も多かったですが」

「実は、一週間前に、駅の待合室で男が一人殺されましてね」

「ほう」

「殺されたのは、この町の暴力団の人間でした。関根という男なんですが、駅員の一人は、関根が、駅のコインロッカーをあけて小さなボストンバッグを取り出しているのを見ているんです。ところが、死体の近くには、そのボストンバッグがなかったんですよ」

「犯人が、持ち去ったというわけですね」

「そうです。ところで最近、暴力団が、駅のコインロッカーを、覚醒剤などの取引に利用しているという噂があるんですよ」

「それで、警戒しているわけですか？」

「そうです。まだその証拠もつかめないし、関根を殺した犯人も、捕まっていませんがね」

署長は、残念そうにいった。

十津川は、署長室を出ると、電話を借りて、札幌のホテル「K」に連絡した。

「藤原マリ子の様子は、どうだね？」

「やはり、あのあとで電話をかけてました」

と、亀井がいう。

「どこへかけたか、わかるんじゃないのか？」

「それが、彼女は用心深く、部屋の電話を使わないんです」

「わざわざ、外へ出てかけたのか？」

「いえ、一階のロビーにある公衆電話を使いました。見ていたフロントの話では、十二、三分かけていたそうです」

「ロビーの公衆電話でね」

「ですから、相手は、金井に間違いありません」

「今、彼女はどうしている」

「自分の部屋です」

「すると、勝負は明日か」

と、十津川はいってから、

「いや、もう、三月二十六日になっているんだな」

といい直した。

十津川の腕時計は、すでに午前一時に近い。

第三章　駅助役

1

内勤助役の矢野は、今夜が当直にあたっていた。

午前零時四〇分発の青函連絡船の出港で、函館駅の一日の業務が終わるのだが、今日は、その出港が大変だった。

この便がいちばん便利なので、利用客が多いのだが、今日は、若い男女の見送り客が、押しかけて来た。

どうやら、函館市内の会社の若い社員二人が仙台へ転勤になり、仲間たちが、大挙して見送りに来たらしい。

まだ改札の始まらない前から、連絡船桟橋で胴上げを繰り返し、万歳を叫び、缶ビールを飲み続けていたのだが、転勤組の二人が乗船してしまうと、今度は、テープを投げ始めた。

そのうちに、突然、演歌の大合唱になった。

〈はるばる来たぜ、函館へ〉

という北島三郎の歌である。

いよいよ、船が岸壁を離れると、見送りの青年たちが、デッキにいる仲間に向かって、

「おーい、飛び込んで戻って来い！」

と、怒鳴り、相手は、海に飛び込むジェスチュアをして、船員があわてて抱き止めたりした。

そのあと、泥酔した若い男が三人、待合室で寝てしまい、帰すのが大変だった。

そんな騒ぎも、なんとかおさめて、駅のドアは閉められた。

函館駅の一日の終わりである。

午前一時半を過ぎてしまっている。正面コンコースや待合室の明かりも消えた。

矢野は、駅長室の隣りの事務室で、ほっとした表情で煙草に火をつけた。

函館駅は、喧騒から解放されて眠る。といっても、午前四時四〇分に、3番線から

札幌行きの特急「北海1号」が発車するので、わずか三時間余りの眠りでしかない。

矢野は、集計した今日一日の営業収入に、眼をやった。

旅客、荷物、貨物合計して、一〇三五万円になっていた。今年は、だいたい平均して一〇〇〇万円である。去年は、一日平均が、九九三万円で、一〇〇〇万円を切っていたから、僅かだが、収入は増加しているのだ。

それが、矢野には嬉しい。

矢野は、五十三歳である。

この函館駅には、十二年いることになる。その前は、道内の駅を転々とした。

ここが、最後の場所と思っている。十二年もいると、函館駅のことなら、隅から隅までわかるようになっていた。

ホームの数は、江差線の発着する0番線、函館本線（普通）の1、2番線、函館本線（特急、急行）の3、4番線の五本だけである。

上野駅は、新幹線のホームを入れると、二十二本もある。四分の一である。

一日の列車運転本数も、上野の一九六一本に対して、二〇五本と、こちらはほぼ十分の一でしかない。

当然、一日の営業収入も、上野駅が約一億五〇〇〇万円だから、これも十分の一以下である。

しかし、構内総面積は上野駅の三三万五〇〇〇平方メートルに対して、函館駅は二一万八七二〇平方メートルと、遜色のない広さだ。

これは、函館駅が、青函連絡船の発着用桟橋を持っているからである。

青函連絡船は、青森─函館間を運航しているが、その責任は、函館駅にある。簡単にいえば、連絡船が青森駅を出たとたんに、責任は、函館駅が負うことになっている。

函館駅は、駅長一人と、矢野のような助役が三十五人、運転主任十三人、その他の駅員百七十九人。合計二百二十八人で、運営されている。

助役の中に、桟橋助役という名称があるのも、青函連絡船を持つ函館の特徴だろう。

鉄道公安室長の山根が、顔をのぞかせた。

「いいかね？」

と、断わってから、八十六キロの大きな身体を、事務室へ入れて来た。

「もらいものだが、どうかね」

山根は、箱に入った最中を、机の上に置いた。

た。

「じゃあ、お茶をいれよう」

矢野は、魔法びんを持ち上げた。

山根の友人が東京から遊びに来て、土産に持って来たのだという。甘い最中だった。

「例の事件のほうは、解決しそうかね？」

と、矢野は、きいてみた。

「さあね。乗客が使用しているコインロッカーを、勝手に調べるわけにもいかないのでね。警察も、それで頭を痛めているようだよ」

「まだ、駅のコインロッカーが、クスリの取引に使われているのかね？」

「わからないが、使われているとして、調べていくより仕方がないんだ」

「一刻も早く、解決してもらいたいね。新聞にも出てしまったんで、気分が悪くて仕方がないんだ」

と、矢野は、本心でいった。

山根は、黙ってお茶を飲んでいたが、

「実は、君に相談したいことがあってね」

「そんなことだろうと思ったよ。君が、ただ最中を一緒に食べに来たとは、思っていなかったからね」

「駅長に、話したほうがいいかどうか、迷っているんだよ」

「どんなことなんだ？」

「今日、この手紙が、公安室に投げ込まれていたんだ」

山根は、白い封筒を取り出して、矢野の前に置いた。

〈函館駅公安室長殿〉

と、表に書いてあるが、差出人の名前はない。

矢野は、中身の便箋を取り出した。読んでいるうちに、矢野の顔色が変わってきた。

〈小生は、函館の町と、函館の駅を、心から愛する者である。

先般の駅構内の殺人事件や、コインロッカーの件は、寒心に堪えない。

駅長はコインロッカーが、覚醒剤の取引に使われるとは信じられないといっているが、小生が聞いたところでは、驚いたことに、駅員の一人が関係しているということである。

臭いものには蓋をせず、真相を明らかにされんことを、切望する〉

「こんな馬鹿なことがあるものか！」

と、矢野は、思わず大声を出した。

「私だって、的外れな手紙だと思っているよ」

山根も、いった。

「それなら、問題ないじゃないか、焼き捨ててしまったらいい」

「私もそう思ったんだが、万一ということも考えたんだ。この手紙の文章から見て、たんなる悪戯とも、思えなくてね」

「じゃあ君は、うちの人間の中に、犯罪者がいると思うのかね？」

「いたら大変だと、思っているよ。だから、逆に、徹底的に調べたいとも思うんだ」

「しかし、こんな手紙に、何の証拠もないじゃないか」

「これは、西警察署の刑事から内密に聞いたんだがね。彼は、今でも、駅のコインロッカーは、取引に利用されているに違いないといってる。それが捕まらないのは、内部に協力者がいるんじゃないかというのさ。そのときには、内部というのがよくわからなかったんだが、彼は、駅員の中にと、いうつもりだったんじゃないかと思うんだがね」

「冗談じゃない、みんな立派な駅員たちだよ」

「そう思いたいんだがね」

山根は、あいまいないい方をした。

「どうする気なんだ？」

と、矢野は眉をひそめて、山根を見た。

「君は、部下の信望がある」

と、山根がいった。

矢野は、黙って山根を見た。山根は言葉を続けて、

「君も部下を信じたいだろう。だが、二百人以上もいれば、中には落ちこぼれもいるよ。それにだ。いい人間でも、暴力団に脅かされて、いやいや協力している場合だってあるし、金に困ってというケースだって、考えられる」

「君は、悪く悪く考えるんだな」

「これも、職業柄かな」

と、山根は笑った。

矢野は、次第に不安になってきた。

「具体的に、公安室は、誰かをマークしているのか？」

「さあね」

「私も助役として、知っておきたいから、もし誰かをマークしているのなら、いってくれないか」

と、矢野は迫った。

「実は、この投書が来る前から、内部に暴力団に協力している人間がいるんじゃないかという疑いは、持っていたんだ。警察もそう見ているよ」

「しかし、具体的な名前は、あがっていないんだろう？」

「それがあれば、警察が、参考人として呼んでるよ」

「それを聞いて、少しは安心したがね」

と、矢野はいった。

山根は、矢野の心に重苦しさを残して、公安室へ帰って行った。

山根は、具体的な名前は出ていないといったが、そうだろうか。職員の誰かをマークしているのではないのか？

矢野は、職員の一人一人の顔を思い浮かべた。

みんな、いい連中だと思う。最近、国鉄が、いろいろと議論の対象になるが、みんな鉄道を愛している職員ばかりである。

鉄道が何よりも好きで、国鉄に入って来た連中なのだ。

中には、無愛想な男もいる。矢野自身だって、愛想のいいほうじゃないし、偏屈(へんくつ)だ。それを自認している。だが、矢野は、誰よりも鉄道を愛している。ホームに発着する列車を見ていると、心が安らぐ。

しかし、一方では、不安もある。

特に最近、若い職員の気持ちが、わからなくなってきていた。若者の気質が変わったのか、それとも、知らぬうちに、矢野自身が老(ふ)けてしまったのか、彼自身にもわからないのだ。

それに、一人一人の職員の経済状態もわかってはいない。わかりたいとは思うが、今は、そこまで調べたら、これまた干渉するなと、部下の職員の反撥(はんぱつ)をまねくだろう。

サラ金問題は下火になったといっても、職員の中には、もしかして、大金を借りている者がいるかもしれない。そんな職員がいれば、山根のいうように、暴力団につけ込まれやすいだろう。

2

午前三時。

矢野は立ち上がって、吸っていた煙草をもみ消してから、構内の見廻りに出た。

乗客が行きかい、列車の発着する騒がしい函館駅も、矢野は好きだが、ひっそりと静まりかえった、この時刻の函館駅も好きだった。

構内に人の気配はない。売店は、閉まっている。

矢野は、列車ホームに出た。

函館駅のホームは、0番線から4番線まで、ゆるく弧を描いている。

午前四時四〇分発の始発特急に備えて、保線区員が明かりを持って、レールの点検をしていた。

「ご苦労さん」

と、矢野は声をかけた。

まだ夜は寒い。特に函館駅は海に近く、背後に山があるせいか、この時期、風は湿っぽく、冷たい。口を開けると、息が白く見える。

昔に比べると、ホームにいろいろなものができたと思う。

売店（キヨスク）、そば店、それに、なによりも著（いちじる）しいのは、自動販売機だ。煙草の自動販売機、ジュースの自動販売機。それになぜか、函館駅のホームには、アイスクリームの自動販売機も置かれている。

中央コンコースに廻ってみる。

ここにも、もちろん人の気配はない。コーヒーショップ「海峡（かいきょう）」も、閉まっている。矢野は、ときどき、ここでコーヒーを飲む。

人の姿のない待合室は、どこか異様に映る。赤や、緑や、白に色分けされた椅子が、わがもの顔に並んでいる。矢野は、どうしても、この合成樹脂製の椅子が好きになれなかった。

待合室の横のランドリー。矢野は、この店のおばさんとも顔なじみで、ときどき、ワイシャツをクリーニングに出す。

こうして歩いていると、矢野は、自分がこの函館駅をいかに愛しているか、痛いほど感じるのだ。

問題のコインロッカーが、並んでいる。

（この函館駅を、暴力団に利用されてたまるものか）

と、思う。

次に、矢野は、連絡船の桟橋に廻った。

連絡船と桟橋ホームとをつなぐ通路には、この時刻には、シャッターが下りている。

駅員が一人、二人と出てきて、矢野に向かって、

「おはようございます」

と、あいさつした。

午前三時二十分になっている。

列車ホームのほうは、午前四時四〇分に「北海1号」が発車するので、午前四時頃に、駅の扉が開く。

桟橋のほうは、午前四時〇〇分に青森から青函連絡船が到着するので、三時三十分には開けなければならないのだ。

その連絡船は、すでに函館駅の近くまで来ているはずだった。

閉ざされたシャッターが、ゆっくり開けられていく。

駅全体としては、まだ眠っているが、桟橋だけは、もう眼を覚ましたのだ。

矢野は、駅長事務室に戻るのをやめて、桟橋から暗い海を見つめた。

明かりをつけた連絡船が、近づいて来るのが見えた。午前四時〇〇分に着く「石狩丸」である。

栈橋の周辺が、急にあわただしくなってきた。

まだ、六時近くならなければ、夜は明けない。

それでも、明かりをいっぱいつけた「石狩丸」の船体が、次第に大きくなってきた。

まもなく、青函連絡船は、消えることになる。

助役という立場にあるので、正式に意見を口にしないが、矢野は、青函連絡船がなくなるのには、反対だった。

青函トンネルを列車が通るようになれば、必然的に、連絡船は廃止されてしまうのだ。

情緒がなくなるということもあるが、経費も、連絡船のほうが安くてすむ。

汽笛が、ひびいた。

「石狩丸」の巨大な船体が、栈橋に横付けになった。

どっと乗客が下船してくる。大きな荷物を持った人が多い。北海道では、これからもスキーを楽しめるので、スキーを担いだ若者も多い。

みんな急ぎ足なのは、午前四時四〇分発の特急「北海1号」や、四時五〇分発の特急「北斗1号」に乗るためだろう。

矢野も、駈け出した。

午前四時を過ぎて、駅全体が目覚めたのである。

中央コンコースの消えていた明かりがつき、正面入口の扉も開けられた。

当直の駅員も、改札を始める準備をしている。

「北海1号」と「北斗1号」の出発する3、4番線ホームでは、キヨスクが開き、そば店が始まり、函館名物の三平汁も始まった。

ホームの乗客たちは、白い息を吐きながら、温かい三平汁や、ラーメンなどに集まっている。

このホームでは、一杯百円の甘酒も売っている。三平汁は三百円である。

(ああ、いるな)

と、矢野が微笑したのは、まだ暗いのに、カメラを持った子供たちが、五、六人、姿を見せていたからである。

列車の写真を撮りに来た鉄道マニアの子供たちである。

「北海1号」と「北斗1号」の写真を撮るために、駅が開くと同時に、入って来たのだろう。毎朝五、六人はいる。中には、寝袋持参の少年もいる。わざわざ、本土から、午前四時〇〇分着の連絡船でやって来る子供もいるのだ。

こうした子供たちも、大事な鉄道のお客である。

「気をつけてね」

と、矢野は声をかけることにしている。

3番線に「北海1号」が入線し、続いて4番線に「北斗1号」が入って来た。どちらもディーゼル特急である。ディーゼル特有の匂いが、ホームに漂ってくる。

どちらの列車も、青函連絡船「石狩丸」から乗りついだ乗客で、ほぼ満席になった。

また、函館駅の一日が始まったのである。

第四章　朝市(あさいち)の客

1

瀬沼(せぬま)は、昨日の夜、東京から、全日空の869便で函館に着いた。

一六時二五分に羽田を飛び立ち、一七時四〇分に着いた。一時間十五分の飛行である。

指定された湯(ゆ)の川(かわ)温泉のホテルに泊まった。

ホテルでは、宿泊カードに、三浦晋太郎(みうらしんたろう)と偽名を書いた。五つ目の偽名である。

ホテルのフロントは、三浦晋太郎の名前を見て、

「お預かりしているものがあります」

といって、茶封筒を渡した。厚手の封筒で、きちんと封がしてある。

部屋に入ってから、その封筒を開けた。

百万円の札束と、鍵が一つ入っている。

百万円と鍵は、スーツのポケットに入れ、封筒は丸めて捨てた。

温泉に入って、ぐっすりと寝た。いやな夢を見たが、これはいつものことだし、不吉な夢を見ても、別に動揺はしなくなっている。

瀬沼も、もう四十三歳である。

今朝は早く起き、朝食を食べずに、タクシーに乗った。

函館の朝市を見るためだった。

瀬沼は、旅に出ると、その土地の朝市を見るのが好きだ。

そこに彼の忘れてしまった何かがあるような気がするのだ。

瀬沼は、輪島(わじま)で生まれた。両親は、昔から輪島の朝市に店を出しており、瀬沼は赤ん坊のときから、朝市に連れて行かれ、商売をしている母親の傍(そば)で、遊んでいた。

それを思い出したくて、朝市を見に行くのかもしれない。

母親も父親も、すでにこの世にはいなかった。父親は漁に出ていて遭難し、母親は過労で死んだ。

以後、瀬沼は、輪島に帰ったことはない。

函館の朝市は、函館駅の斜め前の一角で、毎朝、開かれる。

午前四時から十二時までだが、冬の残っている今頃は、午前五時頃からになっている。

客が集まって来るのは、暖かくなる九時頃からで、瀬沼の着いた午前六時は、客の姿はまばらだった。

函館が漁港だけに、海産物の店が多いが、花、野菜、日用雑貨品も売っている。店の数は、約四、五十軒ある。

輪島の朝市と似ているところもあるし、似ていないところもある。

輪島の場合は、道路に店を並べているが、ここは、ちゃんとした市場の建物があって、その中に店が出ている。

瀬沼は、ゆっくりと時間をかけて、見て歩く。

普段の瀬沼は、鋭い眼つきをしているが、朝市を見て歩くときの彼は、平凡で、穏やかな中年の男の顔になっていた。

ゆでた毛がにを一匹買い、それを袋に入れてもらった。

ホテルに持って帰って、食べるつもりだった。

瀬沼は、満足して、朝市を出た。

2

広い駐車場を渡り、瀬沼は、函館駅の構内に入って行った。

午前八時を廻ったばかりで、中央コンコースは、混み始めていた。

自動販売機でラークを買い、一本抜き出してくわえた。火はつけずに、コインロッカーのところまで歩いて行った。

ポケットから鍵を取り出し、番号を合わせて、コインロッカーを開いた。

男物のショルダーバッグが、一つ入っていた。

それを取り出して、肩から下げた。

煙草に火をつけ、駅の外に出た。ゆっくりとタクシーに乗った。

「湯の川温泉のKホテル」

と、運転手にいってから、瀬沼は、急に疲れた表情になって、眼を閉じた。

ホテルに着くと、部屋に、朝食が並べてあった。ご飯も味噌汁も、冷めてしまっている。

瀬沼は、半分ほど残して食事をすませると、膳をドアの外に置き、チェーンロックをかけた。

函館駅のコインロッカーから持って来たショルダーバッグを開けた。タオルにくるまれたものが入っている。

瀬沼は、それをテーブルの上にのせ、タオルをほどいた。

中から、鈍く光る拳銃が、現われた。

コルト22口径、オートマチックである。瀬沼は、無表情になって、拳銃を手に取った。

弾倉（だんそう）を外し、弾丸が入っているのを確認し、それからサイレンサーをつないだ。

先端が重くなる。その重さで構えてみる。バランスは、まあまあだろう。

瀬沼は、腕時計を見ながら、再び拳銃をショルダーバッグに入れて、部屋を出た。

ホテルの前でタクシーを拾い、運転手に、

「人のいない所へ行ってくれ」

と、いった。

運転手は、変な顔をしたが、それでも車を発車させた。

三十分ほど走り、大きく広がる松林の近くで、とまった。

「ここなら、めったに人が来ませんよ」

と、運転手がいう。

瀬沼は、運転手に待っていてくれるようにいってから、松林の中に入って行った。

運転手がいうように、人の声は聞こえなくなった。車の音もない。
五、六分、林の中を歩いてから、瀬沼は立ち止まり、百円玉を取り出すと、松の幹に押し込んだ。
百円玉が、半分、頭を出している形になった。

瀬沼は、十メートルばかり離れて立ち、サイレンサー付きのコルトで、その百円玉を狙(ねら)った。

ゆっくりと引き金をひく。鈍い発射音がした。銃声には聞こえない。サイレンサーの性能はいいのだ。

だが、肝心の弾丸は百円玉に命中せず、松の幹にめり込んだ。

(左に少しそれるのか)

と、瀬沼は呟(つぶや)いてから、もう一発射った。

今度は、百円玉に命中した。

瀬沼は満足し、拳銃をショルダーバッグに入れると、タクシーのところに戻った。

運転手は、車につけたテレビを見ていた。

「Kホテルに戻ってくれ」

と、瀬沼はいった。

「あんなところで、何をされてたんですか？」

運転手は、バックミラーの中の瀬沼に向かって、きいた。

「ちょっと、考えごとをしていたんだよ」

「へえ。ああいうところのほうが、考えごとをしやすいですか？」

「ああ、いいね」

短くいって、瀬沼は眼を閉じた。

運転手が、なおも何かいったが、瀬沼は黙っていた。自分の世界に入ってしまうと、彼は、他人(ひと)の声が聞こえなくなる。

Kホテルに着くと、瀬沼は、自分の部屋に入った。

あとは、電話がかかるのを待つだけだった。

3

サンルームの籐(とう)椅子に腰を下ろし、瀬沼は、ぼんやりと窓の外を眺めた。

待つのは、慣れていた。

何という名前か知らないが、川が窓の下を流れている。湯の川温泉という名前は、たぶん、この川からとられたのだろう。

一時間ほどしたとき、部屋の電話が鳴った。瀬沼は、受話器を取って、「三浦です」といった。

「夕方になりました」

と、相手がいった。

「正確な時間は？」

「午後六時に、もう一度、連絡します」

相手はそれだけいうと、電話を切った。

瀬沼の顔色は、変わらなかった。

(夕方か)

と、口の中で、呟いただけである。

煙草に火をつけて、また、川面を眺めていたが、しばらくすると、立ち上がった。

拳銃はバッグに入れて、部屋の隅に置き、手ぶらで、部屋を出た。

タクシーには乗らず、湯の川温泉電停まで歩き、そこから市電に乗った。

席は空いていたが、瀬沼は、立って、じっと窓の外を眺めていた。

電車は、のんびりと、五稜郭(ごりょうかく)公園前を通り、左へ折れて、函館駅前へ向かう。二十五分ほどの距離である。

函館駅前で降りた瀬沼は、サングラスをかけ、駅の構内に入って行った。

昼の十二時に近い時刻である。

中央コンコースは、かなりの人で、賑わっている。

瀬沼は、待合室を見たり、コインロッカーを見たりしてから、入場券を買って、改札口を通った。

確かめるように0番線ホームを歩き、次に1、2番線ホーム、最後に3、4番線ホームを歩いてみた。

一つ一つのホームでは、キヨスクや自動販売機の位置を、頭の中に叩き込んだ。

次に、ホームの高さ、長さも目測した。

一時間近くかけて、丁寧にホームを見て歩いてから、中央コンコースに戻った。

もう一度、待合室とコインロッカーをのぞき、その位置を確かめたとき、瀬沼は、突然、背後から肩をたたかれた。

はっとしたが、逆に、ゆっくりと振り向いた。

若い鉄道公安官が二人、いやに疑わしい顔で、瀬沼を見ている。

「何ですか？」

と、瀬沼は微笑した。

「ちょっと、来てくれませんか」

片方の公安官が、硬い声でいった。

「理由は、何です？」

「とにかく、来てください」

公安官は、繰り返した。

「いいでしょう。行きましょう」

と、瀬沼は肯いた。

瀬沼は、構内の公安室に連れて行かれた。

他にも、二人の公安官がいた。

「まあ、座ってください」

と、彼を連れて来た公安官の一人がいった。

瀬沼は室内を見廻しながら、椅子に腰を下ろした。

「名前と住所をいってくれませんか」

「三浦晋太郎東京都世田谷区――です」

「東京の方ですか。何か、自分を証明するようなものをお持ちですか？」

「いや。車を持ってないので、免許も持っていないんです」

「函館には、何しに来られたんですか？」

「観光です。湯の川温泉のKホテルに泊まっています」

瀬沼がいうと、もう一人の公安官が、すぐ電話をかけて確認した。

瀬沼は、苦笑しながら、

「僕は、なぜ、調べられているんですか？」

と、きいた。

「コインロッカーを、使いましたか？」

「いや。使っていませんが、使っちゃいけないんですか？」

「最近、コインロッカーを使って、暴力団が、覚醒剤の取引をやっているという噂が、流れているんですよ」

「僕は、そんな馬鹿な真似はしませんよ」

「それならいいんですが、あなたは、待合室やコインロッカーを、しきりにのぞいていましたね。なぜですか？」

「ああ、それでですか」

と、瀬沼は笑って、

「僕の癖です」

「クセ？」

「僕は、旅行好きなんですが、ちょっと変わっていて、駅が好きなんですよ。駅には、いろいろな表情があるでしょう。その表情を見るのが好きなんですよ。待合室にいる人たちの様子も興味があるし、コインロッカーを利用する人たちの様子も、駅によって、違いますからね」

瀬沼は、いくつかの駅の名前をあげ、その駅と函館駅との違いを、くわしく説明してみせた。

公安官は、感心した顔で聞いていた。

瀬沼が話し終えると、相手は納得した顔で、

「わかりました。帰っていただいて、結構ですよ」

と、いった。

瀬沼は、公安室を出た。別にほっとしてもいなかったし、冷や汗をかいてもいなかった。

公安官に駅が好きだといったのは、本当だった。

今、駅の構内を廻ったのも、仕事のこともあるが、本当は、駅そのものが好きだったからである。

なまじ人間よりも、駅の息遣いのほうが、親しみを持てると思うことがある。列車が好きなのは、子供の頃からだった。今でも夜行列車に乗って、遠い旅に出るのが好きだ。

瀬沼は、腕時計に眼をやり、中央コンコースの中にある小さな食堂に入った。レストラン・ミカドという、なんとなく、名前とそぐわない店である。

レストランというよりも喫茶店で、コーヒーなどの他に、軽い食事もできるといった感じだった。

瀬沼は、サンドイッチとコーヒーを頼み、窓ガラス越しに、コンコースを行き来する人々を眺めた。

両手に持ち切れないほどの荷物をさげて、息を切らしながら、改札口のほうへ歩いて行く人もいれば、何のために駅に来ているのかわからない感じで、ぼんやりと佇んでいる人もいる。

駅そのものも好きだが、瀬沼は、駅に来ている人間を、コーヒーを飲みながら観察するのも好きだった。

人間は、信じなくなった。が、人間を観察するのは、好きなのだ。

公安官や警察官の姿が多い。さっき、コインロッカーを利用した覚醒剤の取引のことをいっていたから、その警戒のためだろう。

食堂にいても、連絡船の汽笛の音は聞こえてくる。

サンドイッチは半分残して、瀬沼は、店を出た。

もう一度、函館駅の構内の図を頭に描いてから、湯の川温泉に帰るために、タクシーに乗った。

第五章　4番線ホーム

1

陽が落ちると、函館の町は、どんどん気温が低下していった。

金井は、夕食のあと旅館を出ると、傍の公衆電話ボックスから、札幌のホテルにいるマリ子に、電話をかけた。

電話ボックスの中もひどく寒い。コートの襟を立て、足踏みしながらの電話だった。

「札幌発、二〇時一五分の特急『北斗10号』に乗ってくれ」

と、金井はいった。

「八時十五分ね」

「そうだ。それに乗ると、函館には、午前零時一九分に着く」

「真夜中ね」

「そうだ。僕は、ホームで待ってるよ」

「その特急が着くホームね？」

「そうだ。『北斗10号』は、４番線に着く。そこで待っているよ」

「必ず、行くわ。だから、ちゃんと待っててね」

「ああ、わかってる。問題は、警察の動きだ。君がいなければ、捕まるのは平気だが、君と一緒では、捕まりたくない。一緒に逃げたい」

「私もよ」

「だから、刑事につけられているかどうか、慎重に注意して、列車に乗ってくれないか」

「わかったわ。注意するわ」

「それから、函館に着いてからだが、もし、函館駅に刑事が張り込んでいたら、青函連絡船の栈橋のほうへ行ってほしい」

「なぜ？」

「零時四〇分に、最終の連絡船が出る。昨日も、この最終便は満員だった。君の乗る

『北斗10号』の乗客の大半は、この連絡船に乗る人間だから、列車が着くと、連絡船の桟橋に向かって、どんどん走って行く。その列の中にもぐり込むんだ。こちらは念のために、この連絡船の切符を、二枚買っておく。刑事が待ってなければ、二人で駅を出て、タクシーで湯の川温泉へ行く。函館の近くの温泉だよ」

「素敵だわ」

「じゃあ、夜中の零時一九分に、４番線ホームで待ってる」

「早く、あなたに、キスしたいわ」

と、マリ子はいった。

金井は、公衆電話ボックスを出ると、函館駅に向かって、歩いて行った。

零時四〇分発の青森行きの最終便「大雪丸」の乗船券を買った。

窓口できくと、やはり、今日もほとんど満席だという。これなら、乗客の中にまぎれ込めるだろう。

そのあと、金井は、中央コンコースを歩き、入場券でホームにも入ってみた。が、急に警戒が厳重になった気配はなかった。

（まだ、手配はされてないのだろうか？）

わからなかった。

あるいは、警視庁の刑事が、すでにこの函館の町に来ているのかもしれない。

旅館に戻ると、金井は、駅で買って来たいくつもの夕刊を広げてみた。

一面にでかでかと、東京で起きた二億円強奪事件のニュースがのっていた。

新宿のM銀行を出た現金輸送車が、五人組の強盗に襲われ、まんまと二億円を奪われたというのである。

この事件のせいか、金井のことは、もう夕刊のどこにも出ていなかった。

金井は、少しばかり、気持ちが楽になった。

(これで、東京の刑事は、函館に来なくなるかもしれない)

そんな、都合のいいことも考えてみた。

もちろん、殺人事件を、警察が忘れたりするはずはない。それはわかっているのだが、大きな事件が起きると、自分の事件は、そのかげにかくれてしまったような安堵感を覚えるのだ。少なくとも、一般の人々は、もう二億円強奪事件のほうに、眼が行ってしまうだろう。

廊下で、従業員の話し声がした。

「さっきの警察からの問い合わせは、何だったの？」

「金井英夫って男の客がいないかって、問い合わせよ」

「それなら、昨日も同じことをきいてきたわよ」

「今日のは、身体つきなんかもいってたらしいの。おかみさんは、いないって、返事をしてたわ」

「その金井って人、東京で人殺しをやったんですってね」

「そうらしいわ」

「なんでも、この函館の町の生まれなんですってよ」

「警察に追われると、たいてい故郷へ逃げてくるみたいね」

二人の従業員が、そんな話をしながら、階下へ降りていった。

息を殺していた金井は、ふうっと溜息をついた。

気がつかなかったが、昨日も、警察から旅館に、問い合わせがあったらしい。

たぶん警視庁からの要請で、行なわれたのだろう。そのぶんだけ、雑で助かったのかもしれない。これが、この函館で起きた事件なら、刑事が出向いて来ているだろうからである。

（午前零時一九分まで、どう過ごしたらいいだろうか？）

午後十一時を過ぎたら、そっと、旅館を抜け出そうと思っていた。

しかし、昨日から二度も、警察の問い合わせがあったとなると、もっと早く出ておいたほうが安全かもしれない。

三度目の問い合わせは、金井の特徴をもっとくわしくいってきて、旅館のほうも、気づくことも考えられるからである。

金井は、急にコートを着て、部屋を出た。代金はもう払ってあるから、このまま戻らなくても、旅館は文句をいわないだろう。

帳場に人の姿がないのを見て、外へ出た。

さっきよりいっそう、寒さが増したように感じられた。たんなる寒さとも違う。海に近いので、空気が湿っている。変な寒さだった。雨が降れば、すぐみぞれになりそうな寒さである。

まだ、八時になっていない。

歩き廻るのは危険なので、金井は映画館を探して、中に入った。

アメリカ映画をやっていた。

サスペンスもので、刑事に追われる男の話だった。

札幌の亀井から、電話が入った。

「今、彼女がホテルを出ました」

と、亀井がいった。

「今、八時だな？」

十津川が、確認するようにいった。

「これから、尾行します」

といって、亀井は電話を切った。

2

十津川は、時刻表を借りて、函館本線のページを開いた。

二〇時一五分札幌発の特急「北斗10号」がある。函館行きだ。

もし、彼女が函館へ来るつもりなら、この列車に乗るだろう。

だが、違う場合もある。函館にいた金井が、すでに列車に乗っていて、札幌で落ち合う気なのかもしれない。

（そうだと、わざわざ函館へ来た甲斐が、なくなってしまうな）

と、思った。

できればマリ子には、函館行きの列車に乗ってもらいたかった。

腕時計に眼をやる。

午後八時十五分が過ぎた。が、亀井から連絡は来なかった。

（特急「北斗10号」には、乗らなかったのだろうか？）

そうだとすると、厄介なことになる。

時刻表によれば、札幌発、函館行きは、この「北斗10号」が最終である。

急行「すずらん60号」が、二三時三〇分に札幌を出て、函館に明日の午前六時一二分に着くが、これは季節列車で、四月二十八日から、いわゆるゴールデンウィークだけの列車である。

「北斗10号」に乗らなかったということは、函館から来る金井を待っているのか。

函館一六時三〇分発の特急「北斗7号」は、二〇時四七分に札幌に着く。

マリ子は、この列車の到着を待っているのか。

もしそうなら、金井は、もう函館にはいないのだ。

（しかし、それなら、なぜカメさんは、連絡して来ないのか？）

いらだちが、次第に大きくなってくる。

八時五十分になった。

急に、「十津川さん。電話ですよ」と、呼ばれた。

急いで、渡された受話器をつかんだ。

「カメさんか？」

「こちらは、千歳空港駅の鈴木助役ですが」

と、男の声がいった。

「は？」

「警視庁の十津川警部さんですか？」

「そうです」

「六分前に、『北斗10号』が当駅を出ましたが、それに乗っていた、亀井という刑事さんから、伝言を頼まれました」

「そうですか。いってください」

十津川は、ほっとして、いった。

「メモに書かれたものを、そのまま読みます。『彼女は、函館行きの北斗10号に乗ったが、時間の余裕がなく、札幌から連絡できず、申し訳ない。亀井』です。これで、わかりますか？」

「わかりますよ。助かりました。ありがとう」

と、十津川は、心から礼をいった。

電話を置くと、十津川は、すぐ署長に会った。

「金井の女が、今、特急『北斗10号』に乗って、この函館に向かっています」

と、十津川はいった。

署長も、眼を輝かせた。

「すると、金井は、函館にいる公算が強いですね」

「そうです。必ずいると思います。彼女は、函館に会いに来るんです」

「もう一度、ホテル、旅館に当たってみましょう。今度は電話だけでなく、警官に行かせますよ。金井英夫の写真を持たせて」

「お願いします」

と、十津川は、頭を下げた。

函館市内には、約八十軒のホテル、旅館があり、湯の川温泉には、約五十軒の旅館がある。

西警察署では、警察官を動員して、その一軒一軒を廻らせた。

結果は、一時間足らずで出た。

函館駅近くの小さな旅館に、それらしい男の泊まり客がいるというのである。

十津川もパトカーに乗せてもらって、その旅館に急行した。

旅館の従業員は、突然、嵐に見舞われたみたいに、戸惑ってしまっている。

「二階の菊の間です」

という言葉を聞いて、十津川たちは、二階に駈け上がった。

だが、部屋は、もぬけの殻だった。

料金は、前もって支払いをすませてあるという。

(逃げられた！)

と、十津川は思った。

しかし、戻って来る可能性もあるので、西警察署では、念のために二人の警官を置いておくことにした。

十津川は、旅館を出ると、西警察署には、すぐ戻らず、ひとりで函館駅のほうへ歩いて行った。

現在、午後十時三十分になったところである。

亀井とマリ子の乗った特急「北斗10号」は、どの辺を走っているだろうか。頭の中で、北海道の地図を描いてみた。たぶん、長万部辺りだろう。

あと一時間五十分足らずで、「北斗10号」は函館駅に着く。それに、マリ子が乗ってくるのだ。

金井は、駅まで迎えに来るのだろうか。それとも、湯の川温泉あたりで、落ち合うつもりなのだろうか。

いずれにしても、マリ子が函館駅に来るのは、間違いないのだ。彼女をつければ、金井を見つけられるだろう。

十津川は、駅の中に入り、時刻表掲示板で、「北斗10号」が4番線に到着するのを確かめてから、改札口を通った。「北斗10号」が着くホームを、確認しておきたかったのだ。

3、4番線ホームは、もう函館を出発する急行、特急列車がないので、ひっそりとしていた。

キヨスクも、そば店も、三平汁の店も、すでに閉まってしまい、ホームは暗かった。

その暗いホームに立って、十津川は、煙草に火をつけた。

内勤助役の矢野は、小さな伸びをした。

午前零時四〇分発の青函連絡船を見送って、彼の仕事は終わり、二十四時間の休みがとれる。

明日一日休めるので、長女夫婦の子供、矢野にとっては初孫と遊べるだろう。三歳の女の子で、可愛い盛りである。

3

二三時五六分着の特急「北海4号」が、着いたところである。

今日一日、事故はなかった。普通列車で六分延着したのがあったが、他は時刻表どおりに発着している。

まもなく、午前零時である。

零時一九分に、特急「北斗10号」が4番線に着けば、列車の発着は終わる。そのあとは、零時四〇分発の青函連絡船を見送るだけである。

矢野は、冷たい水で顔を洗い、しゃきっとすると、駅長事務室を出た。翌日が休みのときは、最終の青函連絡船を見送ることにしていた。

中央コンコースに出ると、公安室長の山根がいた。

「なんとなく、例の犯人に出会うような気がしてね」

と、山根がいった。

「例の犯人って、コインロッカーを利用して、覚醒剤の取引をしている奴のことか？」

「そうだ」

「君の勘は、当たったかな？」

「今日は、当たりそうなんだよ」

「しかし、まもなく、駅は閉まるよ」

と、矢野は腕時計を見ていった。

「その時間帯を利用する気かもしれないぜ。みんな眠くなる頃だし、零時四〇分の連絡船は、混むからね。犯人としても、まぎれ込むのが楽だよ」

「じゃあ、犯人は、連絡船に逃げ込むと思うのか？」

「ああ、乗ってしまえば、四時間後には青森だからね」

「青函連絡船にねえ」

矢野は、あまり賛成できないという顔をした。

瀬沼は、駅前の暗がりに立ち止まり、スーツの内側におさめてある、サイレンサーつきのコルト自動拳銃に手を触れた。

それから、コートの襟を立て、煙草に火をつけた。

どんよりと重い夜空から、とうとう小雨が降り出したが、みるみるうちに、みぞれになった。

4

煙草を大きく吸い込んでから投げ捨てて、駅に向かって、歩き出した。革手袋をはめた手を、歩きながら、開いたり閉じたりした。

函館駅と連絡船のりばの赤いネオンが、やけに輝いて見える。

零時四〇分発の連絡船で旅立つ友人を見送るという感じで、瀬沼は入場券を買い、改札口を通った。

標的の顔は、写真を何回も見たので、はっきりと眼に焼きついている。特徴のある顔だから、見違えることはないだろう。

それに、午後六時の連絡で、相手が現われる時刻と場所もわかっている。

零時十二分になっていた。

5

十津川は、警察手帳を見せて、改札口を抜けた。

旅館に張り込んでいる西警察署の警官の報告では、金井は、まだ戻っていないということ。

金井は、もう旅館には戻らないだろうと、十津川は思った。

逃げたのだ。

逃げる犯人は、動物に似ている。自然に動物的な勘が働くようになるのだ。危険を直感して逃げる。

金井も、危険が迫っているのを直感して、あの旅館から姿を消したのだろう。だから、普通の観念で追いかけても、なかなか捕まえることはできない。

だが、マリ子のほうは別だ。金井を愛して、一緒に逃げようとしているのだろうが、彼女は、動物にはなっていない。

だから、彼女を尾行するのは楽だし、自然に、金井に辿りつけるだろう。

４番線ホームに行く途中で、痩せた、背の高い男を追い越した。

一瞬、変な男だなと思った。普段なら、注意する相手である。いやに、冷たい感じを受けたからだった。

だが、金井とマリ子のことが、十津川の頭を占領していた。

かまわずに追い抜いて、４番線ホームに入って行った。

相変わらず、暗いホームである。

ホームの標示板は、もう、午前四時四〇分発の「北海1号」と、四時五〇分発の「北斗1号」になっていた。

あと五分で、零時一九分着の特急「北斗10号」が到着する。

6

「あいつは、何してるんだ？」

公安室長の山根が、内勤助役の矢野にいった。

矢野のほうは、改札口のほうに眼を向けたまま、

「もう、『北斗10号』が着くんだよ」

「そっちじゃない。向こうのコインロッカーだ」

「何が？」

「あそこにいる駅員は、おかしいんじゃないか」

「え？」

初めて、矢野は視線をコインロッカーのほうに向けた。

四段重ねのコインロッカーが並んでいる。

太い柱があるので、そのかげにいる駅員の姿が、最初はよく見えなかった。

だが、確かに、その行動は不審だった。

柱のかげで、何かやっているのだ。

そのうちに、コインロッカーに近づくと、その一つを開けた。中から、うす茶色のボストンバッグを取り出した。

駅員が、自分の金を出してコインロッカーを借りても、別に罪にはならないだろうが、どうもその挙動がおかしいのだ。

「何をしてるんだ！」

と、山根が大声で怒鳴った。

コインロッカーのところにいた駅員は、はじかれたように、ボストンバッグを抱えて駈け出した。

改札口を抜けた。

矢野と山根も、そのあとを追った。

7

4番線ホームに、特急「北斗10号」が着くと、乗客が、どっと吐き出された。

荷物を、たくさん持った乗客が多い。お土産を持って、連絡船に乗る乗客たちである。

暗いホームを、桟橋に向かって、小走りになる。

十津川は、素早く、その乗客の波の中に亀井を見つけた。

その少し先にいるマリ子も、同時に眼に入れた。

二人は、彼女をつける恰好になった。

桟橋へ急ぐ乗客が、どんどん三人を追い抜いて行く。

（金井は、どこにいるんだ？）

と、十津川が周囲を見廻したとき、突然、眼の前を行くマリ子が駈け出した。

金井らしい男の姿が、ちらりと見えた。

「あっ」

と、亀井が小さく声をあげ、二人も、あわててマリ子のあとを追った。

彼らは、たちまち、桟橋に向かう乗客の流れの中に入ってしまった。

8

内勤助役の矢野と公安室長の山根は、息を切らしながら、ボストンバッグを抱えて逃げる駅員を追った。

二人とも、胸が苦しかった。

それでも矢野は、歯をむき出すような形相で走った。無性(むしょう)に腹が立っていたのだ。

まさか、部下の駅員が犯罪に関係しているとは思っていなかったのに、今、ボストンバッグを抱えて逃げているのは、明らかに駅員だった。

相手は、乗客たちの流れの中に、逃げ込んだ。

このまま走れば、桟橋に出る。そして、連絡船への乗船口だ。

ふいに、眼の前を走っていた駅員の身体が、のめった。

悲鳴をあげて、転倒した。

抱えていたボストンバッグが、床に転がった。

一瞬、矢野には何が起きたのかわからなかった。

だが、血が飛び散るのだけは、はっきり見えた。

「びしっ」

という、鈍い音がした。

何かが壁に当たり、破片が飛び散った。

近くにいた乗客が、悲鳴をあげて、その場に屈み込んだ。

9

床に倒れた駅員は、動かなかった。

紺色の上衣の背中から、血が噴き出している。

「退がって！」

と、怒鳴ったのは十津川だった。

亀井のほうは、マリ子の姿を探していた。

駅員が突然倒れて、桟橋に向かう乗客の列が乱れた間に、マリ子の姿が見えなくなってしまったのだ。

金井の姿も、見えない。

それでも、十津川と亀井が立ち止まって身構えたのは、サイレンサーつきの拳銃の発射音を聞いたと思ったからである。

十津川は拳銃を取り出し、安全装置を外してから、光る眼で周囲を見廻した。

怯（おび）えて、立ちすくんでいる乗客たちがいる。

だが、狙撃したと思われる犯人の姿は、見えなかった。

真っ青な顔をし、荒い息を吐きながら、小柄な助役が十津川の傍に来て、

「どうなさったんですか？」

と、きいた。

十津川は、警察手帳を助役に見せてから、

「この駅員が射たれたんです。すぐ救急車を呼んでください」

と、いった。

助役は、「矢野です」と、自分の名前をいってから、駈けつけた駅員に、

「救急車だ！」

と、怒鳴った。

その間に、公安室長の山根は、床に落ちているボストンバッグを拾い上げた。

亀井は、連絡船への乗船口まで、走って行った。

ここの乗客は、栈橋への通路で起きた事件をまだ知らずに、列を作って乗船を始めていた。

亀井は、警察手帳を駅員に見せて、ギャングウェイを駈け抜け、連絡船に乗り込んだ。

グリーン指定席、寝台室を見て廻り、次に階段を降りて、普通座席やトイレをのぞいて廻った。

どこにも、金井とマリ子はいなかった。

あのどさくさのとき、二人は栈橋に行き、連絡船に乗ると見せて、駅の外に出てしまったのか。

それでも、亀井は、連絡船「大雪丸」の上部デッキに立って、乗り込んで来る乗客を、厳しい眼で見つめていた。

だが、金井とマリ子は、乗って来なかった。

「大雪丸」は、十二分遅れて、出港した。

亀井は、船が桟橋を離れたのを確認してから、元の場所へ戻った。

十津川が、待っていてくれた。

西警察署の刑事や鑑識が、駈けつけて来ていた。

射たれた駅員は、すでに救急車で運ばれていたが、床に飛び散った血痕の写真を撮ったり、壁にくい込んだ弾丸を取り出す作業をやっていた。

「金井とマリ子は、見つかりません」

と、亀井は小声で、十津川にいった。

「連絡船に、乗ってしまったのかな？」

「それは、ありません。金井とマリ子が、乗船した形跡はありません」

「それなら、この函館にまだいることになる。われわれも、追いかけよう」

十津川がいい、二人は、駅の改札口を抜け、外へ出た。

10

金井とマリ子は、どこへ逃げたのか？

列車は、午前四時四〇分にならなければ、函館駅を出ない。

連絡船も、同じである。次の青森行きの連絡船は、七時二〇分だった。

函館空港からは、札幌、東京、奥尻、仙台、秋田、名古屋に便があるが、秋田行きは現在、休航中で、いちばん早い便でも、東京行きの午前九時五五分である。

現在、函館で動いている交通機関は、タクシーだけだった。

金井とマリ子は、タクシーで逃げたのだろうか？

函館のすべてのタクシーを調べるのと、函館から、北へ向かう道路を封鎖してもらうためには、やはり函館の警察の協力を求める必要があった。

十津川と亀井は、西警察署に行き、署長に協力を求めた。

署長は、中央警察署に話をして、函館から札幌方面へ抜ける道路を封鎖してくれることになった。

十津川と亀井は、西警察署で、その結果を待つことにした。

「函館駅で起きた事件は、何だったんですか？」

と、待っている間に、亀井が十津川にきいた。

「はっきりしたことはわからないが、最近、函館駅のコインロッカーを覚醒剤の取引に使っているという噂があったらしい。今夜、駅員の一人が、コインロッカーからボストンバッグを取り出しているのを見て、駅の助役と公安室長が、追いかけたんだ」

「それを、誰かが狙撃したんですか？」

「そうらしい。駅員の抱えていたボストンバッグには、一キロの覚醒剤が入っていたそうだ」

「それで、あの駅員は、助かりそうですか？」

亀井がきいた。

十津川が、「どうかな」といったとき、署長が傍に来て、

「今、病院から連絡がありましたよ。あの駅員は、亡くなったそうです」

と、いった。

「殺人事件になりましたね」

十津川がいう。

「そうです。殺人事件です。しかも、犯人はまだ見つかりません」

「あれは、サイレンサーつきの拳銃でしたよ」

と、十津川はいった。

「間違いありませんか？」

「犯人は、二発射っていますが、一発目は、射撃音が聞こえませんでした。二発目は、聞こえましたが、あれは、サイレンサーつきの拳銃の音ですよ」

「私も、そう思います」

亀井がいった。あの鈍い、おさえつけたような音は、サイレンサーつきの拳銃に違いないのだ。

「そうすると、プロの殺し屋ということになりますか？」

署長が難しい顔で、いった。

「日本に、プロの殺し屋がいるかどうかわかりませんが、銃になれた人間であることは、間違いないと思いますね」

と、十津川はいった。

「犯人は、二発射っていますが、それを、どう思います？」

署長が、きく。

「必ず、止(とど)めを刺すようにいわれていたのかもしれませんね。それで、二発目を射ったが、標的の駅員が倒れてしまったので、命中せず、壁に当たってしまったということじゃありませんか」

「今度の覚醒剤事件は、暴力団がらみでしてね」

「そういえば、前にも、函館駅で殺人がありましたね。暴力団員が、殺されたんでしたね？」

「そうです。あの事件から、函館駅のコインロッカーが、取引に利用されているらしいという噂が、出ていましてね。今度死んだ駅員も、コインロッカーから覚醒剤の入ったボストンバッグを取り出すのを、見られているんです」

と、署長はいった。

夜が明けてきた。

道路に設けられた検問に、金井とマリ子は、とうとう引っかからなかった。どうやら、二人は、函館市内に潜伏しているようだった。

駅員殺しの事件のほうも、はかばかしい進展がなかった。

サイレンサーつきの拳銃は、函館駅の構内からも、駅の周辺からも見つからなかった。

犯人は、拳銃を持ったまま、逃げているのだろうか？

西警察署の刑事たちは、駅周辺にいるタクシー運転手に、片っ端から聞き込みしていった。

質問は、二つだけである。

昨夜、金井英夫と若い女を乗せなかったかどうか。これは、金井の写真を見せていた。

もう一つは、零時二十分から三十分頃、駅から出て来た、挙動不審な人間を乗せなかったかということである。

金井と女を乗せたという運転手は、見つからなかったし、挙動不審な人間のほうも、空振りに終わった。

「どうやら、この函館の町に、二人の殺人犯人が潜んでいるようですな。東京で殺人を犯して、函館に逃げて来た金井英夫と、駅で駅員を射殺した犯人の二人です」

署長は、肩をすくめるようにして、十津川と亀井にいった。

「しかも、その一人は、今でも、サイレンサーつきの拳銃を持っている可能性がありますね」

十津川も、憮然とした顔でいった。

函館で金井を逮捕できると踏んでいたのに、逃がしただけではなく、新しい殺人事件まで発生してしまったのだ。

改めて、函館市内と湯の川温泉のホテル、旅館を調べ直すことになった。

特に金井のほうは、モデルのマリ子を連れている。

必ず、ホテルか旅館に泊まるだろうと思ったのである。

しかし、どこのホテル、旅館からも、金井とマリ子を泊めたという報告はなかった。

どこへ、消えてしまったのだろうか？

西警察署には、「函館駅構内射殺事件捜査本部」の看板が掲げられた。

第六章　津軽海峡

1

事件の発生で、駅助役の矢野は、家に帰れなくなってしまった。

特に、駅員が射殺され、しかもその駅員が、覚醒剤の入ったボストンバッグを持っていたとなると、なおさらである。

急遽出勤して来た駅長の一枝は、矢野に休むようにいったが、

「事態がはっきりするまで、帰れません」

と、矢野はいった。

「しかし、寝ていないんだろう？」

「大丈夫です。これから病院へ行って来ます」

「死んだ駅員の名前は、わかっているのかね？」

「それが、まだわかっておりません。わかり次第、報告します」

矢野は、公安室長の山根と一緒に、駅員の運ばれた病院へ出かけて行った。

病院の前には、パトカーと一緒に、新聞社の車も集まって来ていた。

夜が明けて、今日も寒い一日になりそうである。

矢野と山根は、たちまち記者たちに囲まれた。

「殺された駅員が、何か犯罪に関係していたというのは本当ですか？」

「犯人は、わかってますか？」

「駅員の名前を教えてください」

「駅長は、どういってるんですか？」

そんな質問を身体でかわしながら、二人は、病院の中へ入って行った。

西警察署の岡田部長刑事が待っていて、

「とにかく、身元確認をしてください」

と、矢野にいった。

「やはり、撃たれたのが原因で、死んだんですか？」

「そうです。背中から、心臓に命中しています」

「犯人の見当は？」

「まあ、プロの手口だとは思っているのですが、犯人が誰かということは、まだわかっていません」

「じゃあ、やはり、暴力団がらみですか」

「と、思いますね」

と、岡田はいった。

死体は、白い布に覆(おお)われていた。若い警官が、その白布をとった。

矢野は、山根と二人で、じっと死体の顔を見つめた。

矢野は、函館駅の駅員全部の顔を知っている。名前もである。

「違いますね」

と、矢野は、ほっとしながら、岡田部長刑事にいった。

「違うって、どういうことですか？」

「うちの人間じゃありません。こんな顔の駅員は、函館駅にはいませんよ」

「私も、見たことがないなあ」

公安室長の山根も、首を横に振った。

「この服はどうです？　国鉄の服ですか？」

岡田がきく。

「そうですね。そう思います。身分証明書のようなものは、持っていなかったんですか？」

「持っていません。財布に、五万円ほど入っていましたが」

「とにかく、うちの駅員じゃありません」

矢野はそれを強調した。

助役として、ひと安心だった。もし函館駅の駅員の一人だったら、きっとマスコミの集中攻撃を受けただろう。

「ニセの駅員ですか」

と、岡田が溜息をついた。もし、本物の駅員なら、糸をたぐって、犯人に辿りつけると思っていたからだろう。

「となると、問題は、その制服ですね」

山根がいった。

「そうなりますね。函館駅で、制服が一着盗まれているかどうか調べてください。それから、最近退職した駅員のこともです」

岡田が言葉を続けて、矢野にいう。

「退職者もですか？」

「そうです」

「しかし、この男は、うちの退職者の中にもいませんよ。今までに見たことのない顔ですからね」

「それでも、退職者の家族か、友人ということが、考えられます。退職者の中には、制服を返さない者もいるんじゃありませんか？」

「辞めるときは、返却してもらっていますがねえ」

と、矢野は、いったが、自信はなかった。

辞めるときでなくても、新しい制服を支給するときは、古いものは返却させているが、ときには、それが失くなってしまうこともある。

「調べてみます」

と、矢野はいった。

2

午前十時に、捜査本部の置かれた西警察署で、記者会見が行なわれた。

本部長の仲本署長、直接の指揮に当たるベテランの赤木警部、それに岡田も出席した。

まず、赤木が現在までに、わかったところを説明した。

「射殺された男ですが、函館駅の矢野助役や山根公安室長に見てもらいましたが、本物の駅員でないことが、わかりました。それで、目下、身元の確認を急いでいるところです。指紋の照合もしておりますが、まだ警察庁からの回答は来ていません。年齢は三十歳前後、身長一七三センチ、六七キロ。顔写真は、あとで複写して、皆さんに配布します。次は被害者を射った銃ですが、発見された弾丸などから、22口径のオートマチックで、サイレンサーをつけているものと思っています。射たれたのは二発で、一発は、被害者の背中から心臓に達しています。もう一発は、駅の壁にめり込んでいました。弾丸も、警察庁に送って照合してもらっていますが、前に何かの事件で使われたものかどうか、まだわかりません」

そこまでいって、赤木はコップの水を飲んだ。凶悪な事件の発生で、全員が興奮していた。

「その弾丸ですが、一発目で被害者はほとんど即死の状態になったと思われます。犯人は、止めを刺そうとして、二発目を射ちましたが、そのとき、被害者が倒れたので、弾丸は、壁に当たったと推測されます。二発とも、近くにいた乗客は、発射音を聞いていないので、サイレンサーが使用されたはずです。肝心の犯人についてですが、何人かの乗客、駅員に聞いていますが、これはという人間は、浮かび上がってきていません。最後に、被害者のボストンバッグにあった覚醒剤ですが、量は一キロで、品質の高いものです。暴力団が絡んでいる事件と考え、その方面の捜査もすすめています」

赤木が説明を終わると、記者たちの質問になった。

「サイレンサーつきの銃が使われたということは、プロの犯行ということになりますね？」

「その可能性が強いと思います」

「覚醒剤の取引をめぐる暴力団同士の確執ということですか？」

「結論を急ぐのはどうかと思いますが、その可能性はありますね」

「具体的にいうと、N組とS組の間の抗争ということになりますか？」

と、新聞記者がきいた。

N組もS組も、北海道の南部、道南に勢力を持っている暴力団である。どちらも、覚醒剤に手を伸ばしていることは知られている。

「そうなるかもしれませんね」

「もし被害者がN組の人間だとすると、射ったのは、S組の人間というわけですか？」

「断定はできませんが、考えられます」

「拳銃は、見つからないんですか？」

「まだ、見つかっていません」

「前にも、函館駅のコインロッカーを使用した事件がありましたね。N組の関根という組員が殺られた事件です。あれとの関連はどうですか？」

「残念ながら、まだわかりません。一週間前の事件の場合、殺された関根が、はたして覚醒剤を持っていたのかどうか、わからないのです。彼がコインロッカーから、ボストンバッグを取り出したのは、目撃されていますが、その中身は、まだわかっていません」

「犯人の目星も、まだついていないんですか？」

「そのとおりです」

「函館駅のコインロッカーが覚醒剤の取引に使われる理由は、なんだと思いますか？」

と、記者がきいた。

その質問に対しては、赤木に代わって、本部長の仲本署長が答えた。

「駅のコインロッカーが犯罪に使われるのは、函館駅だけではなく、東京駅や大阪駅でもあることです。二百円、四百円で簡単に使用できるし、中に何を入れても、見つけ出されないというので、使われるのだと思います。それに、本州から連絡船が着くということもあると思いますね」

そのあと、記者たちに、被害者の顔写真と身体の特徴を書いたコピーが配られた。

これで、記者会見は、一応、終わりということになったが、記者の一人が、手をあげて、

「警視庁の刑事が、函館に来ているという話を聞いたんですが、本当ですか？」

と、きいた。

その質問に対しても、仲本署長が、

「そのとおりです。しかし、今度の事件とは関係ありません。東京で起きた殺人事件の犯人が、函館に逃げて来ている可能性があるというので、来ているわけです」

「問題の事件が函館駅で起きたとき、現場に警視庁の刑事もいたという噂を聞いたんですが、事実ですか？」

「それは、なんとも申し上げられません。もしいたとすれば、それは、逃亡中の殺人犯を、函館駅で見かけたためだと思いますね」

「西警察署としては、協力するわけですか？」

「もちろん、要請があれば協力しますが、こちらでも殺人事件が起きたので、難しいかもしれませんね」

「警視庁の刑事は、今、どこで、何をしてるんですか？」

「東京から逃亡して来た犯人を、追っているはずです」

と、仲本本部長はいった。

3

その十津川たちは、函館駅の見える喫茶店で、今後の方針を考えていた。

金井もマリ子も、あの事件の直後、乗客の群れにまぎれ込み、姿を消してしまった。

零時四〇分に、青森行きの「大雪丸」が出港してはいるが、それに乗らなかったことは、はっきりしている。

亀井が、あのとき、とっさに乗船口まで駈けて行き、乗船客の中に金井とマリ子がいないことを確認しているし、なお、青森県警にも頼んで、「大雪丸」が青森港に着いたあと、船を降りる乗客を調べてもらっていたからである。

「二人は、まだ北海道のどこかにいます。道内の各空港は、道警がおさえてくれていますから」

と、亀井がいった。

「北海道といわず、この函館にいるかもしれない。どうもそんな気がするんだがね」

十津川がいった。

二人とも疲れた、それでいながら、眼ばかり異様に光る顔をしていた。徹夜のためと、金井を逃がした焦りのためだった。

二人は、何杯目かのコーヒーを、口に運んだ。

「しかし、もし函館にいるのなら、あの二人はどこへ消えてしまったんでしょうか？市内と湯の川温泉にあるホテル、旅館は、すべて調べましたが、金井もマリ子もいませんでした」

「隠れようと思えば、どこにでも隠れられるよ。函館の人口は三十二万で、世帯数は十一万八千だそうだ。十万を超える世帯があるんだよ。その中の一つにもぐり込んでしまえば、われわれがいくら切歯扼腕しても、見つからんよ」

「一般家庭に、もぐり込んだんでしょうか？」

「そう考えれば、見つからないことは、納得できるじゃないか。函館市内のどこかの家庭にもぐり込んでいるのを、一軒一軒、探して歩くわけにはいかないからね」

「まだ二人は、一緒にいるでしょうか？」

「どうかな。女連れでは目立つから、別々になったかもしれないね」

「どうやって、彼らを探し出しますか？　函館駅で殺人事件が起きたので、西警察署の協力も、そう期待はできませんよ」

「わかっている」

と、十津川はいった。

函館駅で起きた殺人事件は、ただの殺人事件ではない。犯人がサイレンサーを使い、その背後には、覚醒剤をめぐっての暴力団同士の争いもあるらしい。とすると、普通の殺人事件以上の刑事を投入する必要があるだろう。

十津川は、西警察署でもらった函館の町の地図をテーブルの上に広げた。

観光地図なので、地図の横に「風がロマンを運ぶ街」という文句が書いてある。

だが、今の十津川たちにとって、函館の町は、ロマンとは関係がない。逃げている金井とマリ子にとっても、それは同じだろう。

函館の町は、平面図を見ると、開きかけた扇子(せんす)に似ている。函館山のところが、扇子の根元で、北に向かって、開いている感じがする。

五稜郭(ごりょうかく)や外人墓地、あるいは、函館で死にたいといった石川啄木(いしかわたくぼく)の歌碑などがあるが、金井たちとは関係ないだろう。

どこかのマンションの一室か、あるいは、雪に蔽(おお)われている函館山にでも、隠れたに違いない。

いざ探すとなると、この函館の町も、広過ぎる。

「考えていても、仕方がない。とにかく探してみよう」

十津川は、コーヒーを飲みほすと、亀井を促して立ち上がった。

店を出ると、駅前でタクシーを一台チャーターした。

やみくもに函館の町を走り廻っても、見つからないだろう。金井の遠い親戚が函館の競馬場の近くにあるので、そこへ行ってみた。問題の家はすぐに見つかったが、金井もマリ子も来ていなかった。

次は、運転手に頼んで、タクシー仲間に、金井とマリ子を乗せなかったかどうか、聞いてもらった。

これも無駄だった。今日の午前零時三十分頃から現在まで、二人と思われる男女を乗せたタクシーは、見つからなかった。

函館駅を、混雑にまぎれて逃げた金井とマリ子は、タクシーを拾わず、徒歩で姿をくらましたらしい。

「ようこそはこだてへ」と横腹に書いて、市電が走って行く。

「金井の奴、どこへ消えたんですかね？」

亀井が、いまいましげに呟いた。

「どこへ行きます？」

と、タクシーの運転手がきいた。

「この町にドヤ街があったら、そこへ案内してくれ」

と、十津川がいった。

4

軽いエンジンの音に、金井は目を覚ました。が、疲れ切った身体は、思うように動かない。

船が動いているのはわかるのだが、金井は、ただ、じっと身体を小さくしていた。

話し声が聞こえてくる。荒っぽい漁民の声だ。

船は、函館港の外に出たらしく、急に揺れが大きくなった。

外の景色が見えていれば、金井は船に酔わないほうなのだが、陽の射さない船底にいると、気分が悪くなってきた。

吐きそうになって、のろのろと起きあがったとき、突然、眼の前が明るくなった。

「誰だ！　そこにいるのは」

太い男の声が、飛んで来た。

金井が、答えようがないので、黙っていると、潮焼けした男が一人、二人と入って来て、甲板に引きずり出された。

船は、函館山を左手に見ながら、津軽海峡に向かっている。

小柄な漁労長が、じろじろと金井を見て、

「なぜ、この船にもぐり込んでいたんだ？」

と、きいた。

「大雪丸に乗りおくれたんだ」

と、金井はいった。

「大雪丸って青函連絡船か？」

「そうなんだ。乗りおくれてしまってね。ホテルも引き払ってしまったんで、泊まるところもなくなって、つい、この船にもぐり込んでしまったんだ」

金井は昨日買った連絡船の切符を、相手に見せた。

五十歳ぐらいに見える漁労長は、手にした切符を見ていたが、

「じゃあ、青森へ渡りたいのか？」

「ああ、そうなんだ。金は出すから、なんとか向こうへ、船を着けてくれないか」

「おれたちは、津軽海峡で魚を獲るんだが、青森へは行かないんだ」

「そこを、なんとかできないかな。青森県側なら、どこでもいいんだ」

と、金井はいった。

漁労長は、他の男たちを集めて、相談を始めた。風の具合で、その話し声が、金井の耳に聞こえてくる。

「可哀そうだから、なんとかしてやったらどうだ？」

「しかし、あの男は、うさん臭いぞ」

「昨日、函館駅で、駅員が射たれて、死んだっていうしな」

「あいつが、その犯人かな？」

「犯人は、ヤクザで、プロの殺し屋だそうだ」

「あいつは、ヤクザには見えないな」

「身体検査をしたが、危ないものは、何も持ってなかったよ」

そのあとも、しばらく相談していたが、やがて漁労長が金井の傍に戻って来た。

「おれたちは、青森へは寄らないんだ。そんな時間も油もないしな」

「燃料代は、払うよ」

「駄目だよ。だが、青森のほうからも出漁して来てるから、なんとか向こうの船に移れるかもしれん。話はおれがつけてやる」

「本当か？」

「ただ、話をつけるのに、多少の金は必要かもしれん。おれたちも向こうの船も、人助けに出てるわけじゃないからね」

「五万円くらいなら出せるよ」

「それくらいあれば、大丈夫だ」

と、漁労長はいった。

話している間も、金井の乗った漁船は、漁場に向かって走り続けている。

どんよりした冬空から、ときどき、薄陽（うすび）が射していた。

風が強く、波も高い。

たった一人だけ、二十代に見える若い漁船員がいて、彼が好奇心をむき出しにして、金井に話しかけてきた。

「あんた、東京の人だろう？」

「どうして？」

「そんな気がするのさ。そうなんだろう？」

「まあね」

「函館には、何しに行ったんだい？」

「女に会いにね」

「へえ。彼女、どうしたんだ？」

「彼女は、うまく連絡船に乗れたんだが、僕は、乗り遅れてしまったんだよ」

「それで、この船にもぐり込んでいたのかい？」

「なんだか、青森へ行ってくれそうな気がしてね」

「東京って、面白いところかね？」

「それは、人によって違うよ。僕は、どっちかといえば、東京より函館みたいな小さな街のほうが好きだがね」

「おれは、金を貯めたら、東京へ行きたいよ」

と、若者はいった。

5

三時間近くかかって、漁場に到着した。

同じような小型漁船が、他に十五、六隻、出ていた。

漁労長は、無線を使って、他の漁船と連絡をとっていたが、金井を呼ぶと、

「浅虫（あさむし）の漁船と話がついたよ。向こうには、五万円払ってやってくれないか。午後四時には、漁をすませて、浅虫へ帰港するそうだ」

と、いってくれた。

「あんた方にも、礼をしたいんだが」

「そうだな。酒好きな連中が多いから、酒代ぐらい出してくれれば、みんな、喜んであんたを送り出すよ」

「このくらいでいいかな」

金井は、一万円札を二枚、漁労長に渡した。

「十分だよ」

と、漁労長は、あっさりいった。

「僕のことを、あまり聞かないいんだね？」

「青函連絡船に乗り遅れたんで、この船で青森へ送ってもらいたいっていってたじゃないか。それで十分だ。他にあれこれ聞いても、仕方がないよ」

「漁労長。第二浅虫丸が、傍に来ています」

と、大声で、誰かがいった。

金井が、漁労長と甲板に出てみると、「第二浅虫丸」と書かれた漁船が、横に並んでいた。

波が高いので、二隻の漁船の舷側（げんそく）は、ついたり離れたりする。しぶきが、甲板に立っている金井の顔にまで、かかって来た。

「おい。飛び移れ！」

と、向こうの漁船員が大声で怒鳴った。

金井は、その声に励まされて、舷側に片足をかけるのだが、向こうの船が、波にあおられて、大きく上下するので、なかなかチャンスが、つかめない。

すでに、金井の着ている服は、海水に濡れて、びしょびしょになっていた。

「今だ！　飛べ！」

と、背後で漁労長が掛け声をかけてくれるのだが、上手くいかない。

突然、一人が、金井の背中を、力いっぱい、押した。

金井の身体が飛んだ。というよりも、第二浅虫丸の甲板に、転がり落ちた。

誰かが、その恰好がおかしいと笑った。明るいが、残酷な笑い方だった。

次の瞬間、金井を函館から乗せて来た漁船は、大きく離れて行った。

金井は、腰をさすりながら立ち上がり、これから、自分を、青森へ連れて行ってくれる船の乗組員たちを見つめた。

五十代の漁船員が二人、じっと金井を見ていた。この船にも、若い男はほとんどいなかった。

強烈な魚の匂いの中を、操舵室まで歩いて行き、そこにいた漁労長に、金井はあいさつした。

「お願いします」

といって、五万円を相手に握らせた。

不愛想な男で、黙って肯いただけだったが、それでも、漁船員の一人に毛布を持って来させてくれた。

金井は、狭い船室に入り、毛布にくるまって、漁が終わるのを待つことにした。コートのポケットから煙草を取り出したが、海水でぬれてしまっている。どうにか一本だけ、吸えそうなのを見つけて、口にくわえた。

汽笛が聞こえた。近くを青函連絡船が通っているのだろう。

三時間近くしてから、急に船が動き出した。

甲板に出てみると、第二浅虫丸は、漁を終わって、青森県の浅虫港に帰港しようとしていた。

海面を暮色が蔽い、近くにいる漁船は、明かりをつけている。急速に、周囲は暗くなっていく。この暗さに追われるように、船はスピードをあげた。

風が切るように冷たかったが、金井は、これでどうにか助かったという思いで、近づいてくる下北の陸地を見つめていた。

第二浅虫丸が浅虫港に着いたのは、夜の七時を廻っていた。

金井は礼をいい、船をおりた。

浅虫の漁港は静かで、警察が張り込んでいる気配はなかった。

第二浅虫丸の連中も、金井が乗っていたことなど忘れたみたいに、魚の水揚げ作業に夢中だった。

金井は、通りがかった主婦に、浅虫温泉への道をきき、歩いて行った。金の余裕はそんなになかったが、今夜は冷たくなった身体を温泉であたためたかったし、マリ子への連絡もあった。

小さな旅館を見つけて、入った。遅くなっていたが、夕食を作ってくれるように頼み、その間に温泉に入った。

つい、浴槽の中で眠ってしまうほど、ゆっくりつかって、部屋に戻ると、夕食の膳が用意されていた。ご飯はさめてしまっているし、一見、豪華に見えるおかずも、すぐ冷凍とわかる刺身やエビなどである。だが、この時間と、安い宿泊代のことを考えれば、文句はいえないだろう。

急いですませてから、金井は、函館に電話をかけた。

優しい女の声が、電話口に出た。

「そちらに、藤原マリ子が、お世話になっていませんか？　背の高い女の子ですが」

と、金井はいった。

「いらっしゃいますが、あなたのお名前は？」

「清水春男(しみずはるお)です」

と、金井はいった。函館の旅館で使った三田健一という偽名は、もう使えない。函館で別れるとき、今度は、清水春男という名前を使うと、マリ子にいっておいたのである。

しばらく待たされてから、マリ子の声が聞こえた。

「大丈夫なの？　あなた」

「ああ、捕まったりはしないさ。君のほうも大丈夫だったんだな？」

「ええ。うまく、ここに入れたわ。ここにいれば、警察だって、やって来ないと思うわ」

「それを聞いてほっとしたよ」

「すぐ会えるわね？」

「もちろん、会えるよ」

「今、どこなの？」

「青森県の浅虫温泉にいる」

「ずいぶん、遠くへ行っちゃったのね。すぐ、そっちへ行きたいけど、ここは、すぐに、さよならとはいかないみたい」

「僕が、函館へ行くよ」

「そんなことをしたら、捕まっちゃうわ。駄目よ」

マリ子が、甲高い声をあげた。

金井は、微笑した。

「大丈夫だよ、すぐには、行かないさ。それに、警察は、まさか僕が、また函館に入って来るとは思っていないと、思うからね」

「でも、心配だわ」

「また、明日、電話するよ。君も、今日はゆっくり眠りなさい」

「私のほうから電話しちゃ駄目？」

「いいよ。今、僕がいるのは、浅虫温泉の『いろは旅館』というところだ」

「面白い名前ね」

「ああ。そうだよ」

金井は笑い、こちらの電話番号を教えた。

「早く会って、キスしたいわ」

と、マリ子がいった。

第七章　死者の顔

1

射殺された男の身元は、なかなかわからなかった。

前科者カードにはなかったし、N組もS組も、今度の事件について、沈黙を守っているからである。

函館駅では、全駅員の制服の一斉点検を行なった。が、盗まれた制服は、一着もなかった。

次に、最近、辞めた駅員のことが、調べられた。

駅長の一枝たちにとって、辛い作業だった。

その中に、今度の事件に関係のある人間が、出てくるかもしれなかったからである。

内勤助役の矢野にとっては、もっと辛かったかもしれない。というのは、彼と同じくらいの年齢で、最近、辞めていった者が、多かったからである。

その中の何人かは、矢野と同期に国鉄に入った男たちだった。

最近三年間の退職者の名簿ができると、矢野は、それを西警察署にできた捜査本部に持って行った。

捜査は、警察に委せなければならない。

そのあと、矢野は、やっと家に帰って、休むことができた。

妻の康子には、もし、駅長か警察から電話があったら、いくら熟睡していても、起こしてくれるように頼んで、矢野はベッドに入った。

三十時間ほとんど眠っていなかったので、矢野は、死んだように眠った。

妻に電話だと起こされたとき、時刻は、わからなくなっていた。

枕元の時計を見ると、九時を過ぎているので、てっきり夜の九時だと思い、まだ三時間しか眠らないのかと思ったが、襖を開けると、眩しい太陽の光が差し込んできた。

朝の九時なのだ。十五時間、眠り続けていたのである。

あわてて、電話をとった。

「悪いが、すぐ来てくれないかね」

と、一枝駅長の声がいった。

「何かありましたか？」

「君は、去年辞めた今西君と、仲が良かったね？」

「ええ。同期に国鉄へ入っていますし、釣りの趣味も一緒でしたから、親しくしていました。辞めてからは、一緒になることも、あまりありませんでしたが、彼がどうかしたんですか？」

「とにかく、すぐ来てくれ」

「わかりました」

矢野は、身支度をして家を出ると、駅に急いだ。

今西が、どうかしたのだろうか？　今の駅長の話では、何のことだかわからないが、わざわざ矢野にすぐ来いというところをみれば、何かあるのだろうし、今度の事件に関係していることは、間違いないだろう。

函館駅は、一見したところ、何の変化もないように見える。

駅前に飾られたD51型機関車の動輪の前では、観光客が写真を撮っているし、やたらに目立つＵＣＣコーヒーの看板は、相変わらず今日も目立っている。

連絡船の発着も列車の発着も、時刻表どおりに、行なわれたのだろう。

だが、コンコースに入ると、問題のコインロッカーには「使用禁止」の貼り紙がしてあるし、連絡船乗降口への通路の壁には、まだ、弾痕が残っているはずである。

駅長事務室へ入って行くと、一枝駅長の他に、西警察署の赤木警部が顔を見せていた。

矢野の顔を見ると、一枝は「こっちへ来てくれ」と、奥の駅長室へ連れて行った。赤木警部も、一緒に駅長室に入った。

「初心」と書かれた額が掲げられ、駅長の好きなスイートピーの花が飾られている。

一枝は、二人にソファをすすめてから、

「今西君のことで、警部さんから、頼みがあるそうだよ」

と、矢野にいった。

赤木警部が改まった口調で、

「函館駅を最近、退職した人を調べました。全員、怪しい点はなかったんですが、ただ、今西さんに引っかかりましてね」

「どう引っかかったんですか？　彼は犯罪に関係するような男じゃありませんよ」

「いや、今西さん本人のことじゃないんです。駅長さんに聞いたところでは、今西さんは退職するとき、記念にといって、制服を一着持って行ったということなんです」

「それは、私も知っていますよ。ちゃんと、制服の代金を払っていったはずです」

「そうです。他の退職者の中にも、やはり、記念にといって、自分の着ていた制服を持って行く人がいるようですが、調べたところ、その制服は、今もお持ちでした。ただ一人、今西さんだけが、持っていないんです」

「しかし、失くしたということも、考えられるわけでしょう？」

「もちろん、その可能性もありますが、今西さんは、まったく非協力的でしてね。知らない、わからないの一点張りなんですよ。どうも、誰かをかばっているような気がしてならないのです」

「それで、私に？」

「ええ。あなたになら、話してくれるんじゃないかと思いましてね。駅長さんから、あなたが、今西さんと親友だったと聞いて、お願いするんですが」

「彼が今度の事件に関係していると、警察は、考えているんですか？」

と、矢野はきいた。

「いや、そうは考えていませんが、多分、誰かに頼まれて、貸されたんじゃないかと思うんですよ。駅長さんに聞くと、今西さんというのは、非常に几帳面な性格だそうですから、記念に買ったものを、失くすことはないと、思っているんです」

赤木警部は、言葉を選ぶようにしていった。

「頼むよ。君が説得して、本当のところを、聞き出してくれないかね？」

と、駅長が矢野にいった。

「彼は、今、家ですか？」

矢野がきいた。

「そのはずです」

と、赤木がいう。

「私が嫌だというと、今西君は、どうなるんですか？」

「今のまま、非協力的な態度を続けるのなら、やはり、強制的に署へ来てもらうことになるでしょうね」

「これから会いに行きましょう」

と、矢野はいった。

2

矢野は一人で会いに行きたいと、駅長と赤木警部にいい、駅長室を出た。

一緒に釣りに行くのなら、どんなに気楽だろうと思いながら、矢野はタクシーを拾い、五稜郭近くにある今西の家に向かった。

去年、国鉄を辞めたときは、まあ一年ぐらいはのんびりして、あとは、親戚のやっている会社に再就職するといっていたのである。娘二人は、すでに嫁いでしまっている。

今西は、矢野の顔を見ると、「歩こう」といって、外へ出てきた。

二人は、近くにある五稜郭公園に向かって、歩いて行った。

「実は、駅長と警察の人に頼まれてね」

と、濠を渡って、五稜郭の中に入りながら、矢野は、正直にいった。

「そうだと思ったよ」

今西が、いった。

「本当はどうなんだ？　服は、誰かに貸したのか？」

ない。まだつぼみは固い。桜が咲くのは、五月に入ってからである。

五稜郭は、「さくら祭り」でも有名だが、北海道だけに、四月というわけにはいか

それで会話が途切れてしまい、二人は、しばらく黙って歩き続けた。

今西は、前を向いたまま、ぼそっとした声でいった。

「忘れたな」

「今年の桜は、遅いかな」

矢野は、そんなことを呟いた。

「遅いかもしれないな」

と、今西も呟く。

矢野は、急に立ち止まって、じっと今西の顔を見つめた。

「これからもずっと君とは、親友でいたいんだよ。逆にいえば、一緒に釣りに行ったり、馬鹿話ができる友だちを、失いたくないんだ」

「それは、おれも同じだよ。この年齢になると、いい友だちは、必要だからね」

「それなら、話してくれないか。おれは、君が、今度の事件に関係しているとは、全然、思っていないんだ。誰かをかばっているんだと、思っている」

「――」

「今のままだと、警察は、君を連行するみたいなことをいっている。そんなことにしたくないんだよ」

「ありがとう」

と、今西はいった。が、表情は硬かった。

「駅員の恰好をしていた男は、もう死んでしまっているんだよ。それでも、話せないのかね？」

「今のおれは、知らないというより仕方がないよ」

「そんなに、恩に感じなきゃならない相手なのかね？」

「他の話をしないか」

「君は、来月から、親戚の会社で働くことになっていたね」

「ああ。そうだ」

「そこで、労務担当をやるといっていたね」

「向こうが、頼むというんでね」

「その親戚を、かばっているんじゃないのか？」

矢野がきくと、今西は、一瞬、黙ってしまった。

「そんなことはない」

と、否定したが、一拍遅れていたし、否定の仕方に力がなかった。

確か、その親戚というのは、大きなリース会社だったはずである。現代にマッチした商売ということで、急成長しつつある会社である。

どうやら、今西の沈黙は、その辺と関係がありそうだと思った。彼は生真面目で、義理堅い男である。定年前に、彼が国鉄を退職したのも、何パーセントの人員整理といった声が聞こえたとき、おれには、他に働き口があるからといって、辞めていったのである。

そのくらいの男だから、自分を再就職させてくれる親戚に、恩を感じているに違いない。

沈黙を持て余して、矢野は、煙草をくわえた。だが、火をつけずに、すぐまた、ポケットに戻してしまった。

「駅長も、困っているんだ」

と、矢野はしばらくして、今西にいった。今西は、黙っている。

「覚醒剤を持って殺された男が、本物の駅員でなくて、ほっとしたんだが、新聞なんかは、男の着ていた服のことを問題にしている。誰の服が、どんな経緯で男の手に渡ったのか、それをはっきりさせないと、国鉄は、自分に都合の悪いことは、頬かむりをしていると、いわれかねないんだ。ニセの駅員というのも、嘘じゃないのかと、いわれるかもしれない」

「おれはもう、国鉄を辞めた人間だよ」

と、今西はいう。

「だが、君は、国鉄が今でも好きだし、国鉄にいたことを、誇りにしているんだろう？」

「それは、そうだが」

「君が、義理人情を大切にする人間だということも知っているよ。それで、何も話したくないんだろうが、国鉄の名誉のためにも、ぜひ、本当のことを話してもらいたいんだ。君が沈黙していても、警察は、君の周辺をどんどん調べていくよ」

矢野は、赤木警部の顔を思い出しながら、今西の説得に努めた。

警察は、殺人事件である以上、徹底的に調べるだろう。

だが、今西は視線をそらして、

「今は、何もいいたくない」

と、いっただけだった。

3

矢野は、仕方なく、いったん函館駅に戻った。

駅長室には、まだ赤木警部がいて、彼を待っていた。

「どうだったね？」

と、駅長の一枝がきいた。

「今西君に聞かなければ、どうしても、殺された男の身元は、わからないんですか？他に捜査の方法は、ありませんか？」

矢野は、赤木警部にきいてみた。

「難しいですね。今のところ、あの男の身元を割り出す唯一の手がかりが、彼の着ていた駅員の服なんですよ。もしそれが、今西さんが誰かに貸したものだとわかれば、身元が割り出せるし、そうなれば、殺した犯人にも近づけると思っているんです」

赤木がいい、それに続けて一枝駅長が、

「国鉄の名誉がかかっていることだからね。今西君は、どうしても、警察に協力しないといっているのかね？」

と、きいた。

「いろいろと、義理にからまれていることがあるようなのです」

「そんなことをいっていたら、事態は、ますます悪くなっていくよ」

一枝は、眉を寄せて、矢野を見た。矢野は、まるで自分が叱られたみたいな気分になって、

「それは、わかるんですが」

「国鉄は、今、さまざまな問題に直面している。それは、君にもわかっているはずだよ。今度の事件でも、対応を誤ると、要らぬ疑惑を招きかねないんだ。こういう問題はね、一刻も早く解決しなければならないんだよ。長引けば、長引くほど、疑惑がふくらんでしまうんだよ」

「それも、わかっています」

「今西君が、誰に気がねしているか、君には、わからないかね？」

駅長にきかれて、矢野は迷った。今西の再就職のことを話すべきかどうか、考えてしまったからである。

そんな矢野の様子を、じっと赤木警部が見ていた。

「何か、ご存じですね？」

と、言葉をかけてきた。

「知っていることがあれば、話してくれないかね」

一枝駅長も、口を添えた。

矢野は、迷った末に、

「彼は、来月、再就職することになっているんですよ」

と、いってしまった。あとは、抑制がきかなくなった。

今西が、親戚に当たるリース会社に再就職を決めていること、おそらくその線で、今西は、問題の制服を貸してしまったのではないかと話した。

「駒田リースという会社です」

「それなら、私も名前を知ってるよ。かなり大きな会社だ」

と、一枝が肯いた。

赤木警部は、手帳にメモすると、すぐ駅長室を出て行った。駒田リースを徹底的に調べるのだろう。

「大丈夫だよ。君の名前は出さずに、警察は、捜査をすすめていくよ」

一枝が、なぐさめるようにいった。

もちろん、警察も、そのくらいの配慮をして、捜査をするだろう。だが、これは、今西に対する矢野の気持ちの問題になってくる。

（今西と一緒に、釣りにいけなくなると困るな）

矢野は、そんなことを考えていた。

4

赤木警部は、岡田部長刑事を連れて、函館駅近くにある駒田リースの営業所に出かけて行った。

函館市内に、営業所が五ヵ所あり、そこで注文を受けると、湯の川にある巨大な配送センターから、商品をお客に運ぶことになっている。

配送センターは、一万平方メートルの敷地を持ち、二階建ての倉庫には、品数にして、二千点、総数一万以上の品物が、常時、用意されているといわれる。安いものでは、灰皿などから、買えば一着何百万もする着物までリースされる。

西警察署でも、署内で運動会をやったとき、この駒田リースから、テントや灰皿、椅子などを借りたことがあった。

「リース商品の中に、国鉄職員の制服は、なかったんですかね」

と、岡田はいった。が、自分でも、笑えない冗談と気づいて、黙ってしまった。

「駒田リースの社長は、駒田理一郎だったね？」

赤木は、パトカーの中できいた。

岡田は、手帳を見ながら、

「例の今西の奥さんの兄にあたります。年齢は、六十三歳。昭和三十年に、軽トラック一台でリース業を始め、現在、年商百億近くまでに発展しました。一代で現代の成功者になったということで、テレビに出たことがあります」

「駒田理一郎の家族は？」

「弟の敬次郎が、副社長。長男の収が、三十五歳で、部長をやっています。あと、次男の悟が、二十八歳で第一営業所長ですね。娘が一人いますが、これは、すでに結婚しています」

「同族会社か？」

「そうですね。一代で成功した会社というのは、たいてい家族で、要職を占めてしまうようです」

岡田が、したり顔でいった。

「次男の悟だがね。第一営業所長というのは、これから行く函館駅前の営業所のことだろう？」

「そうです」

「駒田悟のことを、聞きたいね」

「今もいいましたように、二十八歳ですが、長男の収が生真面目で、結婚して子供を二人もうけているのに、まだ独身でプレイボーイの評判があります」

「面白いな」

と、赤木がいった。

第一営業所は、函館駅の正面、土産物店や食堂の並ぶ一角にあった。

五階建てビルの三階である。社員は十二、三名で、赤木警部と岡田部長刑事は、奥にある所長室に行き、駒田悟と会った。

駒田悟は、細面で、背の高い、いかにも現代風な青年だった。

「警察の方が、僕に何の用です？」

悟は、ニヤニヤ笑いながら、二人の刑事を見た。何かを隠している笑い方にも見え、警察を馬鹿にしている笑い方にも見えた。

「函館駅で起きた事件は、もちろんご存じですね」

赤木は、悟の背後にある窓に眼をやって、話しかけた。

その窓から、函館駅の正面が見えた。

「そりゃあ、知ってますよ。テレビや新聞に、大きく出ましたからね」

悟は、相変わらず、笑いながらいう。

「射殺された男は、実は、ニセの駅員でしてね。目下、身元の割り出しに努めているところです。それで、駅周辺で働いている人たちに、聞いて廻っているんですよ」

赤木がいい、岡田が被害者の写真を悟の前に置いた。

悟は、軽く見てから、

「知りませんね」

「よく見てください」

と、岡田がいった。

「いくら見ても同じですよ。知らない男です」

「ひょっとすると、駒田リースの社員だった人間じゃないかと思うんですがね」

赤木警部が、探りを入れた。

悟は、外国人のように、大きく肩をすくめて、

「うちの人間に、こんな男はいませんよ。ニセの駅員になったり、覚醒剤のボストンバッグを持っていたというんでしょう？　そんな悪い奴は、まず、うちでは、採用し

ませんよ。採用のときに、きちんと人物を確かめますからね」

「五稜郭近くに住んでいる今西さんを、ご存じですね？」

「ええ。叔父にあたる人ですから、もちろん知っていますよ」

「今西さんは、去年、国鉄を辞めたんですが、そのとき、記念にといって、制服を買い求めて持っています。それも、助役の服ではなく、国鉄入社のときを思い出したいといって、一般の駅員の制服をです。それを見たことは、ありますか？」

「いや、見たことありませんね。見たって、仕方がないでしょう。第一、駒田リースにも、従業員の制服がありますからね」

「今西さんが持っているのは、知っていたんじゃありませんか？」

岡田部長刑事がきくと、悟は、手を振って、

「知りませんでしたよ。今、刑事さんがいわれたんで、知ったんです。興味がなかったから、叔父にききもしませんでしたからね」

「駒田リースの全従業員の名簿を、見せていただきたいんですが」

と、赤木がいった。

「いいですよ。職員録があるから、一冊差し上げましょう。最近の退職者の名前と住所も出ていますよ」

悟は、またニヤッと笑った。

赤木と岡田は、立派な職員録をもらって、ビルを出た。全員の住所、電話番号も出ていた。

「この中に、あの被害者がいますかね？」

と、パトカーに戻りながら、岡田が赤木を見た。

5

赤木は、捜査本部のある西警察署に戻ると、部下の刑事たちを集めて、駒田リースの職員録を渡した。

「過去三年間の退職者を含めて、二百三十五人の職員の名前が書いてある。その一人一人を、現在、生きているかどうか、確認作業を行なってほしい。その二百三十五人の中に、例の被害者がいるかもしれないんだ」

と、赤木はいった。

職員録が解体され、刑事たちは、何ページずつかを受け持って、捜査にかかった。

対象の従業員の数は多いが、ほとんどが函館市内かその近くに住んでいるので、捜査そのものは簡単だった。

ただ、退職者の中には、北海道を離れている者もあったが、そうした連中の捜査は、移転先の警察に捜査を依頼することにした。

刑事たちは、まず電話をかけ、それでわからないと、出かけて行った。

一日で、退職者をのぞく、全従業員の捜査が終わった。退職者は、さらに一日かかって、終了した。

結果は、期待外れだった。駒田リースの従業員の中に、被害者はいなかったのである。

さすがに、赤木をはじめ、刑事たちはいらだち始めた。殺人事件で、三日たっても被害者の身元がわからなかったことは、今までになかったからである。

「今西の奥さんを、呼んで来てくれ」

と、赤木は岡田部長刑事にいった。

「奥さんのほうですか？」

「そうだ。今西のほうは、親友の矢野助役がいくら頼んでも、ひと言も喋らなかったらしいからね」

「しかし、奥さんは、駒田社長の妹です。喋ってくれるでしょうか？」

「旦那の今西より、喋ってくれると思うがね」

と、赤木はいった。

岡田は、すぐ車で出かけて行ったが、連れて来たのは、今西のほうだった。

「奥さんに来てもらおうとしましたが、それなら私が行くと、今西さんがいうものですから」

と、岡田は、赤木にいった。

今西は、蒼ざめた顔をしていた。赤木が椅子をすすめたが、座ろうとせず、

「家内は、ちょっと心臓が悪いんです。それで私が来ました」

「正直に話してくださるのなら、あなたでも結構ですよ」

と、赤木はいった。

「何を知りたいんですか?」

「それは、よくおわかりのはずですよ。あなたが、国鉄を辞めるとき、持って行った駅員の制服を、どうしたかということです。お宅には、ないんでしょう?」

「失くしたんですよ」

「そんな嘘は、通りませんよ。これは、殺人事件の捜査なんです。われわれだって、強硬手段に訴えますよ」

「どうするんですか？」

「令状をとって、家宅捜索をします。それで、たぶん、制服は出てこないでしょうが、そのときには、奥さんでも、駒田一族でも、次々に呼び出して、訊問しますよ」

赤木は、たんなる脅しではなく、実行する気でいった。

その気迫は、今西にもわかったらしい。

「正直にいって、私にも、誰が持って行ったか、わからんのですよ」

「しかし、見当ぐらいは、ついているんじゃありませんか？」

「十日ほど前に、家内が寝込んでしまったことがあります。駒田の家の人たちも、見舞いに来てくれました。そのあとで、制服が失くなっているのが、わかったんです。しかし、私にとっては大事な記念品であっても、国鉄に無関係な人間にとっては、どうということのない品物ですからね。誰も盗って行ったとは、思えなくて――」

「見舞いの人の中に、駒田悟さんもいましたか？」

「ええ。いたと思います。しかし、彼は、盗って行ったりしませんよ」

「なぜ、そういえるんです？」

「彼は、お洒落ですからね。駅員の服なんかに用はないと思いますよ。いつも、英国製の生地で仕立てた、いい服を着ていますからね」

「本当にそう思っているんですか？　そう思いたいだけなんじゃありませんか？」

赤木は、意地の悪いきき方をした。

今西は、「そんなことはありません」と、いったが、その否定の仕方に力がなかった。

どうやら、今西自身も、駒田悟が持って行ったのではないかと疑っているようだった。

今西を帰すと、赤木は、刑事たちを集めて、

「駒田悟のことを、徹底的に調べるんだ。どんなことでもいい。どんな子供だったか、借金があるか、どんな人間とつきあっているか。男の友人のことも、ガールフレンドのことも、すべて調べてくれ」

と、いった。

第八章　弾痕（だんこん）

1

　函館港の漁船が、若い男を一人、青森に運んだらしいという噂を、十津川は耳にした。

　その漁船の乗組員の一人が、バーで酔って、ホステスに話したのが、伝わって来たのである。

　金井とマリ子の行方がつかめずに、焦燥にかられていた十津川と亀井は、その噂話に飛びついた。

「男一人というのが引っかかるが、彼らが分かれてこの函館から逃げたと考えれば、納得ができるからね」

と、十津川はいった。

鼻をぐずぐずいわせているのは、函館の寒さと疲労のせいで、風邪をひいたのである。

二人は、函館港の漁船を、一隻ずつ調べていった。

三隻目の「第六北海丸」で、手応え(てごた)があった。

「ああ、乗せたよ」

と、小柄な漁労長はあっさりと認め、亀井が、金井の顔写真を見せると、

「ああ、間違いなく、この男だよ。連絡船に乗り遅れてしまったんで、青森まで運んでくれないかと、いわれたんだ」

「それは、函館駅で、事件があった日ですか？」

「夜が明けてからだよ。漁場の津軽海峡へ向かって出漁してすぐ、隠れている若い男を見つけたんだ。この写真の男だよ。今いったみたいに、青函連絡船の切符を見せて、乗り遅れて困っているというからね。漁場へ行ったら、青森の浅虫の船が来てたんで、第二浅虫丸に乗せかえてやったよ。きっと、浅虫まで運んでもらったと思うよ」

「若い女が、一緒じゃありませんでしたか？」

「いや、男一人だったね」

「浅虫でしたね？」

「そうだよ。あの日は、浅虫で泊まったんじゃないかね。温泉があるからね」

「船の中で、その男は、何か、言っていませんでしたか？　女のこととか、今後どうするかみたいなことですが」

「口数の少ない男だったからね。でも、女のことも、いっていたよ。函館に、女に会いに行ったといってたよ。へえと思ったね。それで、彼女はどうしたんだと、うちの若いのがきいてみた」

「男は、何といいました？」

「女は、連絡船にうまく乗れたといったそうだ。しかし、おれは、どうも嘘だと思ったね」

漁労長は、ニヤッと笑った。

「なぜ、そう思ったんです？」

と、亀井が、興味を持ってきいた。

「だって、男がわざわざ函館まで会いに行ったといってるんだろう。普通に考えれば、惚れ合っている仲だよ。それなのに、女だけ連絡船に乗って行っちまうというのは、おかしいや。男が来ないとなれば、女も船をおりて、男を探すだろう。うちのかみさんだって、そのくらいの情は見せるよ」

「なるほど」

亀井は、微笑した。確かにそのとおりだろう。

「そうだろう？　しかし、あの男は、悪い人間には見えなかったがねえ。警察に追われるようなことをしてるのかね？」

漁労長は、首をかしげて、十津川を見、亀井を見た。

「ちょっとね」

と、十津川はあいまいにいってから、

「他に、女を青森に運んだという船はありませんか？」

「聞いてないね。そんなことをした船があれば、必ず耳に入るがね」

と、相手はいった。

2

二人は、礼をいって、港を離れた。

「どうやら、金井には、逃げられたようですね」

亀井が、口惜しそうにいった。

「浅虫の漁船だそうだが、たぶんもう、金井は、浅虫にはいないだろうね」

「私もそう思いますが、念のために、青森県警に確かめてもらいましょう」

亀井は、駅前の派出所に飛び込むと、西警察署の赤木警部に連絡し、青森県警への捜査依頼をした。

結果は、今日中に出るだろう。

亀井は、十津川のところに戻ると、

「道警も大変なようです。まだ、射殺された男の身元がわからないと、赤木警部がいっていました」

「だが、狙いはついているみたいな感じだがね」

「射殺した犯人のほうですが、金井と同じように、漁船にもぐり込んで、逃げたんでしょうか？　われわれの事件とは、直接関係ありませんが」

「いや、あの日漁船にもぐり込んだのは、金井一人のようだ」

「すると、犯人は、サイレンサーつきの拳銃を持って、この函館にのうのうとしているということですか？」

「赤木さんは、この函館に巣食っている二つの暴力団のどちらかが、あの殺し屋を傭ったに違いない。傭ったほうがかくまっているに違いないと、いっていたね」

「かくまっておいて、どこかに逃がすということですか？」

「それだけはさせないと、赤木さんはいっているが、肝心の犯人の顔もわからないというのでは、実際には、手の打ちようがないんじゃないかね」

「そういえば、道警では、N組とS組の双方を、昨日、手入れをしたが、空振りに終わったみたいです。怪しい男もいなかったし、サイレンサーつきの拳銃も、見つからなかったということですよ」

「そうだろうね。函館にまだいるとしても、組の事務所なんかに、かくまってはおかないだろう」

と、十津川はいってから、

「私たちの探している藤原マリ子も、この町のどこにいるのか、依然として、わからないんだ。こっちは、顔がわかっているのに、見つからん」

腹立たしげにいった。

「函館の町を、すでに出ているとは考えられませんか？」

「なぜ、そう思うんだね？」

「これだけ探しても見つからないし、金井の奴は、まんまと海峡を渡って、逃げてしまっていますから、彼女も、函館を離れてしまっているんじゃないかと思うんです」

「普通なら、そう思うところだがね。私は、彼女はまだこの町にいると、思っているんだよ」

と、十津川はいった。

「しかし、金井が逃げたわけですから、彼女が、函館にとどまっている必要はないわけです。とにかく、まず函館を出て、それから、飛行機か船で、金井の後を追おうとしているんじゃありませんか？」

「それなら、無理をしてでも、二人で漁船にもぐり込んで、海峡を越えたんじゃないかね？」

「そうかもしれませんが」

「藤原マリ子は、別に罪を犯しているわけじゃないから、捕まってもすぐ釈放される。それに、この函館に、彼女は、どこか隠れる場所を知っていたんじゃないか。だから、金井は、彼女一人を残して、漁船にもぐり込んで、逃げたんだと思っている。それでなければ、わざわざ函館まで逃げて来て会った二人が、分かれて逃げるはずがない」

十津川は、断定的ないい方をした。

「そうだとしてですが、藤原マリ子は、この町のどこに隠れたと思われるんですか？」

と、亀井がきいた。

「私にもわからないが、どこかにあるはずだよ」

「しかし、警部。マリ子は、東京の人間で、北海道の人間じゃありません。函館の生まれでもありません。われわれにわからないような隠れ場所を、彼女が知っているとは、思えないんですが」

「金井の親戚がこの函館に住んでいるから、彼が藤原マリ子に教えたのかもしれんし、何か理由があって、彼女が知っていたのかもしれない。西警察署に行って、赤木さんにきいてみようじゃないか」

と、十津川はいった。

3

西警察署に戻ると、赤木警部が、十津川と亀井にコーヒーをいれてくれた。ミルクも一緒に出してくれた。

「今、青森県警から、電話がありました。浅虫温泉を調べたところ、金井英夫と思われる男が、事件の翌日、浅虫の『いろは旅館』に投宿したが、昨日の午後、突然引き払って、姿を消した。浅虫周辺を捜査しているが、金井英夫と思われる男の足取りはつかめないということです」

「やはり、もう逃げていましたか」

十津川は、予期したことなので、さほど失望は感じなかった。

「その旅館でも、金井英夫は一人だったそうです。ああ、面白いことに、彼は旅館で一度、電話をかけていますが、それがこの函館なんです」

と、赤木がいった。

十津川は、亀井と顔を見合わせてから、

「函館のどこの誰にかけたか、わからなかったんですか？」

「そこまでは、旅館でもわからないそうです」

「やはり、藤原マリ子は、まだ函館にいるということです」

十津川は、眼を輝かせた。

「しかし、この町のどこにいるんですか？　ホテルも旅館も調べましたが、見つからないんでしょう?」

「実は、そのことで、赤木さんの意見を聞きたいと思っているんですが」

と、十津川がいったとき、岡田部長刑事が入って来て、赤木に囁いた。

赤木は、軽く肯いてから、十津川に向かって、

「東京の警察庁から、凶器の弾丸のことで、何か、いってきたらしいのです」

と、いい、捜査本部の置かれた部屋へ、歩いて行った。

亀井は、自分の前に置かれたコーヒーにミルクを入れながら、

「警部の推理されたとおり、藤原マリ子は、この町に、まだ隠れているようですね」

「そうらしい」

「これから、あの二人はどうする気ですかね? 藤原マリ子が、函館を抜け出して、金井のところへ行くんでしょうか」

「多分、そうする気だろうね。彼女が動けなければ、金井が会いに来るかもしれない」

「また、函館に来るというんですか?」

「ああ」

「しかし、そんな危険な真似を、はたして、金井がするでしょうか?」

「それは、二人の愛情の強さによるだろうね」

十津川がいうと、亀井は、じっと考えていたが、

「私には、どうも、わからないことがあるんですが」

「藤原マリ子が、この町のどこに隠れているのかということかね？」

「それもありますが、藤原マリ子という女の気持ちです」

「気持ち？」

「そうです。金井英夫は、刑務所に入る前、何人ものガールフレンドをもっていました。ハンサムだし、若い、人気のあるカメラマンだったから、当然かもしれません。当時、売れないモデルだった藤原マリ子は、数多い金井のガールフレンドの一人でしかなかったということです。ところが、金井が刑務所に入ると、そんなガールフレンドは、あっという間に金井から離れていきました。そんな中で、藤原マリ子一人が、金井を愛し続けているんです」

「美しい話じゃないか」

十津川がいうと、亀井は首をかしげて、

「私には、そこがわからないのです。金井が逮捕されて、刑務所に入ったとたんに、去って行った女たちの気持ちのほうが、わかるんです。冷たいといえば冷たいです

が、人間の気持ちは、そんなものだと思うんです。藤原マリ子の行動のほうが、異常だと思うのですが」

「カメさんらしくないんだな」

と、十津川がいった。

「君は、彼女みたいな女性が、大好きだと思っていたんだが」

「好きですよ。ただ、金井と藤原マリ子の関係というのが、どうもわからないんです」

「しかし、彼女のことは、よく知らないんだろう?」

「四年前に金井を逮捕した神奈川県警から、いろいろと話は聞いたんですが、彼女自身に会って、話は聞いていません。ただ、神奈川県警で、四年前に事件を担当した刑事に、電話で聞いたんですが、金井をめぐる女たちの中に、藤原マリ子という名前は、なかったというんです。それだけ目立たない存在だったわけです」

「ひそかに、金井を愛していたのかもしれないよ」

「しかし、警部。その藤原マリ子は、今、有名人です。モデルとしても、一流になっています。いくらでも稼げるんですよ。そんな女が、なぜ、警察に追われている殺人犯に、くっついているんでしょうか?　それがわからないんですよ」

「カメさんは、よほど藤原マリ子に、不審の念を持っているみたいだね」

「常識で考えておかしいものは、私は、おかしいと思うんです」

「しかし、カメさん。その常識で、考えてみたまえ。金井は、殺人犯だ」

「そうです」

「彼は、莫大な財産の持ち主かね？」

「違いますね。四年前は、彼は、新進カメラマンで、年収は四、五千万あったようですが、今は、ほとんど金を持ってないと思いますね」

「カメさんのいうとおりに、藤原マリ子が、本当は、金井を愛していないとするよ。しかし、それなら、なぜ函館まで彼を追いかけて来たのか、わからなくなってしまうんじゃないかね？　金井と一緒にいても、何のトクにもならない。逆に損するだけだよ。違うか？」

「そりゃあ、そうなんですが」

「となると、彼女の行動は、愛以外に、説明がつかないんじゃないかね？」

「そうですね」

亀井が、不承不承の顔で肯いたとき、赤木警部が戻って来た。

「どうでした？」

と、十津川がきいた。

赤木は、メモして来たものを、十津川に見せた。

「ほう。犯人は、前科のある銃を使ったんですか？」

十津川は、意外な気がして、メモを読み返した。

函館から送られた弾丸が、東京の科警研で、過去の犯罪に使われた弾丸と、その条痕を比較された結果、二ヵ月前に、千葉市内で女性が殺された事件に使用されたものと同じ条痕と、わかったというのである。

「私も、意外でした」

と、赤木がいった。

普通、殺しのプロは、前の仕事で使った銃は、使わないものである。

特に、暴力団に傭われた人間の場合は、いくらでも拳銃が用意できるはずだから、なにも、前科のある拳銃を使用することはないのだ。

亀井も、赤木のメモに眼を通したあと、

「この千葉の殺人事件なら、覚えていますよ」

と、いった。

「殺されたのは、若い女だったそうですが」

赤木が、亀井を見た。

「そうです。二十五歳のＯＬで、胸に三発も射たれて、殺されていたんです。場所は、マンションの建築現場。犯人は、まだ捕まっていないはずです」

「彼女は、妊娠三ヵ月だった」

と、傍から十津川が付け加えた。

「それで、なおさら、困っているんですよ」

赤木が、本当に、困惑した顔でいった。

「わかりますよ」

と、十津川がいった。

「そんな事件に使った拳銃を、なぜ、今度また使ったのか、それがわからないというわけでしょう？」

「そうなんです。Ｎ組とＳ組の二つの暴力団のどちらかが傭った人間だとすると、銃は、両方ともかなり、持ってますからね。なにも、すぐ足がつくような、前科まで背負ってしまうような拳銃は、使わないと思うんですよ」

「だが、使ったわけですよ」

「そうなんです。もう一つ、わからないことがありましてね」

「千葉で殺された女性ですが、普通のＯＬで、どう考えても、暴力団がらみの事件ではなかったというんです。そこへ行くと、今度の事件は、覚醒剤の取引をめぐる殺人で、完全に暴力団がらみです。その点も、どうもしっくりいかんのですよ」

と、赤木はいってから、あわてて付け加えた。

「ああ、これは、十津川さんたちとは、関係のない事件でしたね。申し訳ない」

「何です？」

4

二人だけになると、亀井は腕時計に眼をやってから、十津川に、

「今から空港に行けば、一六時二五分発の羽田行きの便に間に合います」

「それで？」

「どうしても、藤原マリ子のことを調べてみたいんです。どうにも、納得ができなくて」

「カメさんは、頑固だねえ」

と、いったが、十津川の顔は笑っていた。

「いいですか？」

「君の代わりに、西本刑事を呼んでおいてくれないか。確か、まだ羽田から、函館へ来る便があるはずだからね」

「すぐ、電話しておきます」

亀井は、にっこり笑って、肯いた。

十津川は、藤原マリ子が金井と一緒に函館に来たのは、単純に惚れているからだと考えているのだが、亀井には、そうは思えないらしい。

亀井は、すぐ出かけて行った。

一人になると、十津川は、西警察署を出て、函館駅へ歩いて行った。

駅前のＤ51の動輪と、連絡船の錨の記念碑の前には、仲間や恋人との待ち合わせをしている五、六人の若者の姿が見えた。

どうやら、函館駅の待ち合わせの場所は、ここらしいと思いながら、十津川はガラスのドアを開けて、駅の構内に入って行った。

３、４番線ホームに、行ってみた。

ちょうど急行「ニセコ」が４番線に着いたところで、乗客が、どっとホームに降りて来た。

その中には、修学旅行らしい高校生のグループもいた。真っ黒なかたまりになって、連絡船の桟橋のほうへ歩いて行く。一五時〇〇分発の連絡船に乗るのだろう。

十津川は、ホームの端に寄って、彼らをやり過ごした。

一四時三三分に発車する札幌行きの特急「北斗5号」は、すでに3番線に入っている。4番線に到着した「ニセコ」は、一四時五五分の札幌行きになって、引き返して行くのである。

修学旅行の一団が消えてしまうと、ホームは、静かになった。

十津川は、ホームに立って、あのときのことを思い出していた。

藤原マリ子は、札幌から、特急「北斗10号」に乗って、函館にやって来た。

函館に零時一九分に着くこの列車を、金井は、函館駅で待っていたのだ。

彼女は、函館駅に着くと、零時四〇分発の連絡船「大雪丸」に乗る乗客たちの中に、まぎれ込んだ。

十津川と亀井も、彼女の後を追った。そうすれば、金井を見つけられると思ったからである。

十津川はそんなことを考えながら、第一乗船通路に向かって、歩いて行った。

あのとき、マリ子をつけていた十津川と亀井は、金井の姿を発見した。そこへ、ちようど、覚醒剤入りのボストンバッグを抱えたニセの駅員が逃げて来たのだ。

そして、サイレンサーつきの拳銃で、何者かがニセの駅員を射った。金井とマリ子は、その混乱にまぎれて、逃げてしまったのである。

(あのとき、ニセ駅員が飛び出して来なかったら、金井を逮捕できたのに)

と、思う。

十津川は、立ち止まって、壁にあいた弾丸の痕を見つめた。

事件の直後は、新聞社のカメラマンたちが、写真を撮りに押しかけて来たし、乗客もここに立ち止まって、物珍しげに見ていたものだが、今は、十津川だけである。

連絡船に乗る人たちが、通って行くのだが、誰一人、立ち止まろうとはしない。中には、壁に向かって立っている十津川を、うさん臭そうに見て行く乗客もいる。

一四時五〇分着の連絡船の乗客が、どっと降りて来て、通路にあふれた。

十津川は、彼らを避けながら、なお、小さな弾痕を見つめていたのは、急に引っかかるものを感じたからだった。

これは、道警の事件とはわかっているのだが、気になるものは、どうしても、気になるのである。

それに、西警察署の赤木警部に聞いたことも、まだ耳に残っていた。

ニセの駅員は、背後から射たれた。弾丸は、背中から、見事に心臓に命中していたという。

それなのに、犯人はもう一発射ち、それが外れて、壁に命中した。止めを刺そうとしたのだろうというのが、西警察署の意見である。

そうかもしれない。が、違うのではないかという気もしてきたのである。最初の一発は、見事に心臓を射っている。それは、手応えでわかったはずである。それなのに、なぜ犯人は、二発目を射ったのだろうか？　危険を承知でである。

それに、ニセ駅員は、一発目が命中した瞬間、床にくずおれた。十津川は、それを見ている。

周囲には、他の乗客たちがいた。犯人がどこにいたのか、はっきりしないが、止めを刺すのは、難しかったのではないのか。ニセ駅員の身体は、床に倒れて見えなくなったはずである。

それなのに、犯人は、二発目を射った。

（なぜなのだろう？）

急に、十津川の頭に、閃いたことがあった。彼の顔が赤くなった。

十津川は、じっと宙を睨み、あの時間の光景を思い浮かべようと、努力した。

十津川と亀井の前に、藤原マリ子がいた。

そして、金井を見つけたのだ。

マリ子が何か叫んだような気がした。刑事がついて来ていると、警告したのではなかったか。

次の瞬間、ニセ駅員が飛び出したのだ。

そして、射たれた。

（ひょっとすると、犯人は、他の人間を狙ったのではないのか？）

そこへ、突然、ニセの駅員が飛び出したので、彼の背中に命中してしまったのではないのだろうか？

犯人は狼狽し、本当の標的に向かって、二発目を射った。だが、そのときには、混乱が起きてしまっていた。それで、弾丸は外れて、壁に命中した。

（犯人が狙ったのは、金井英夫ではなかったのか？）

しかし、この結論には、首をかしげることがある。

金井は、殺人犯として、警察に追われている男である。なにも、殺さなくても、警察に引き渡してしまえばいいはずなのだ。

（やはり、無理な結論だったかな）

と、十津川は思った。

午後六時四十分頃に、東京から、西本刑事が到着した。

まだ、金井の行方も、藤原マリ子の居所も、わからないままである。

第九章　再び函館へ

1

西警察署に置かれた捜査本部には、駒田悟についての情報が、次々に集まってきた。

かんばしいものは、少なかった。

長男の収が大学生の頃は、まだ、駒田リースの事業は、苦闘の時代だった。従って、彼は、事業の難しさをよく知っているし、甘やかして育てられもしなかった。

しかし、次男の悟が大学に入った頃は、事業は成功し、安定していた。父親の理一郎も、末っ子ということで甘やかした。

収は、札幌にあるH大に入ったのだが、四畳半のアパート暮らしで、アルバイトもしている。

悟も同じH大に入ったが、マンションを与えられ、彼が望むままに、父親は、スポーツカーを買ってやっている。

その頃から、悟は、プレイボーイ気取りで、何人もの女を作り、その中の一人が、彼が大学四年のときに自殺していた。

父親の理一郎は、彼女の両親に一千万円を払い、この事件が、表沙汰になるのを防いだといわれる。

大学を卒業したあと、悟は、駒田リースに入った。父親は、平社員からやらせる気だったが、悟が文句をいうので、仕方なく第一営業所長にしたという経過があった。

「第一営業所長の給料は、五十万円です」

と、岡田部長刑事が、赤木警部に報告した。

「それで足りているのかね？」

「ポルシェを乗り廻し、高級クラブを飲み歩き、女を何人も作っていたんでは、とうてい足りないと思いますよ」

と、岡田は笑った。

悟がよく行く高級クラブの名前を、何店か、岡田は、あげて見せた。

「そうした店でも、気前よく、金を使っているのかね？」

「ママやホステスの話では、いつも連れがたくさんいて、きれいに払ってくれるんで、いいお客だそうです。要するに、見栄っぱりなんですね」

「それじゃあ、金は足らん……」

「そうです」

「どうしてるんだ？」

「噂では、いろいろなところから、千万単位の借金があるということです。前には、父親が、代わって、返済したこともあったようですが、最近は、突き放していたともいわれています」

「金に困って、素人が、覚醒剤に手を出したということかな？」

と、赤木はいった。

「その可能性はあります」

「しかし、素人が手を出して、うまくいくのかね。金さえ出せば、買うことはできるだろうが、暴力団と違って、販売ルートがないと、商売にはならないんじゃないかね？」

「その点なんですが、妙な話を聞いています」

「どんなことかね?」

赤木がきくと、岡田は、駒田リースの営業案内を広げて、

「ここに書かれているように、函館市内にある五カ所の営業所で注文を受け、配送センターから、リース商品を届けることになっています。ところが、第一営業所長の駒田悟は、ときどき自分で、品物を注文主の所へ届けていたというんです」

「ほう」

「悟自身の話によると、営業政策として、そうしているというんですよ」

「営業政策？」

「つまり、お得意を増やす方法だというんですよ。何度も利用してくれるお客には、割引をして、所長の悟自身が、配達しているというわけです」

「それは、他の営業所でも、やっているのかね？」

「いえ、第一営業所だけのようです」

「そのことを、もっと知りたいね」

と、赤木はいった。

赤木は、岡田を連れて、悟に会いに出かけた。

今日も、第一営業所の所長室に入ると、窓から函館駅がよく見えた。

「お得意には、所長自身で、リース商品を配達されているそうですね？」

と、会うとすぐ赤木は、駒田悟にきいた。

「やっていますよ。これもサービスの一つですからね」

悟は、微笑した。

「その方々の名簿があるなら、見せていただけませんか？」

「なぜです？」

悟は、顔をしかめて、きき返した。

「理由がないと、いけませんか？」

「当然でしょう。顧客名簿というのは、企業秘密ですからね」

「函館駅で起きた事件の参考にしたいからといったら、見せていただけますか？」

「いや。そんな漠然とした理由では、困りますね。まさか、その中に犯人がいるなんて、考えているんじゃないでしょうね？」

「いや、そういいませんよ」

「それなら、見せられませんね。どうしても見たいのなら、令状を用意して来てください」

悟は、挑戦的な眼つきで、赤木を見すえた。

「そうしますよ」

と、赤木はあっさり肯いて、立ち上がってから、

「駒田さんは、ハレー彗星に、興味をお持ちですか？」

「いや、仕事が忙しくて、星になんか、興味はありませんよ」

悟は、むっとした顔でいった。

2

二人は外へ出た。

「配送センターへ行ってみよう」

と、赤木が、岡田にいった。

岡田は、パトカーに乗り込んでから、

「警部が、ハレー彗星に興味をお持ちとは、知りませんでした」

「そんなものに、興味はないよ」

「しかし、駒田悟には――」

「ああ、あれか。所長室の隅に、倍率の高そうな双眼鏡が置いてあったから、きいて

みたんだよ」

「それは、気がつきませんでした」

「多分、彼は、あの双眼鏡で函館駅を見ているんだと思うね。大胆な想像が許されるなら、ある人物が覚醒剤入りのバッグを持って来て、駅のコインロッカーに入れる。そのあと合図をする。駒田悟は、双眼鏡で見ていて、その合図があったら、誰かに駅員の恰好をさせて、取りに行かせるのかもしれない」

「なるほど」

「だが、想像は、想像でしかないよ」

赤木は、にこりともしないでいった。

湯の川の巨大な配送センターに着いた。「駒田リース」と横腹に書いたトラックが、ひっきりなしに出入りしている。

二人は、パトカーを駐車場に入れてから、発送の責任者に会った。「井上（いのうえ）」という名前を書いたバッジを、胸につけていた。

「第一営業所長の駒田悟さんは、自分で、お客にリース商品を届けているようですね」

と、赤木は、井上にいった。

「そうですが、限られたお得意だけです」

「名簿は、ここにもありますか？」

「いえ。名簿は、所長が持っておいでです」

「しかし、リースする品物は、この配送センターで、用意するわけでしょう？」

「そうです。所長から電話があって、ここで用意します」

「その目録は、ありますね？」

「ええ。もちろん、伝票がとってあります」

「それを見せてくれませんか」

「しかし、他の発送伝票と、別に変わっていませんよ」

井上は、そういいながら、第一営業所関係の伝票を見せてくれた。

その中に、所長の駒田悟が、特別に注文した伝票もあった。

「別に、他の伝票と違ったところは、ありませんね」

岡田部長刑事がのぞき込んで、赤木にいった。

「だが、他に比べると、カメラのリースが多いよ」

「そういえば、多いですね」

「今どき、カメラのない家庭はないいんじゃないかね。子供だって、いいカメラを持っているよ。それに、駒田悟自身が扱っている客は、何回も利用してくれるお得意だというじゃないか。何度もカメラを借りるというのも、不自然だよ」

「カメラのボディに覚醒剤を入れて、配送しているということでしょうか？」

「素人に覚醒剤の取引は難しいが、駒田悟が、自分の会社の配送網を利用していたとすれば、可能だったと思うね」

「証拠が欲しいですね。令状をとって、彼の持っている顧客名簿を押収しますか？」

「いや。あの男が事件に関係していれば、もう名簿は焼き捨ててしまっているだろう。だから、さっきも、彼は強気だったんだ」

「どうしますか？」

「半月前に、覚醒剤で逮捕された男がいたね。友人と四、五人で注射していたという男だ」

「確か、マンション住まいの音楽家でした」

「覚醒剤の入手先は、わかったんだったかね？」

「いや、わからなかったと思いますが、道警の麻薬担当に、くわしいことを聞いてみます」

3

二週間前に起きた事件は、麻薬担当の説明で、次のようなものとわかった。

函館市日吉町×丁目の「ルミネ・日吉」の五〇二号室に住む五十嵐貢（三〇歳）が、覚醒剤の所持と使用で逮捕された。

五十嵐は、ロックグループ「ストーム」のメンバーで、仲間の四人と覚醒剤を使用していた。

五人はいもづる式に逮捕されたのだが、覚醒剤の入手経路は、いまだに不明のままだった。

「麻薬担当の連中は、暴力団関係者を洗ってみたようですが、五十嵐とのつながりが、見つからなかったといっています」

と、岡田は、赤木にいった。

「このマンションに、行って来てくれないかね」

「行って、何を調べて来ますか？」

「駒田リースのトラックがよく来ていなかったかどうかを、知りたいんだよ」

赤木はそういって、岡田を送り出した。

意外に時間がかかって、四時間ほどしてから、岡田が電話をかけて来た。

「マンションの管理人や、同じ五階の住人に会いました」

「それで、何か、わかったかね？」

「管理人が、面白いことをいっています。五階の廊下を掃除していたとき、駒田リースの人間がやってきて、五〇二号室をノックした。しかし、五十嵐が留守らしくて、帰ろうとするので、預かりますよといったところ、相手は怖い顔をして、帰ってしまったそうです。変な配送人だと思ったと、いっています」

「他には？」

「隣りの部屋の女性が、駒田リースの人間が、二回、五十嵐のところへ配達に来たのを目撃しています。駒田悟の写真を見せたところ、彼女も管理人も、この男だと確認しています」

「状況証拠としては、こちらの推理どおりだね」

「その女性ですが、五十嵐と顔を合わせたとき、リース会社から何を借りたのか、きいてみたそうです。そうしたら、カメラだというので、変だなと思ったといっています。というのは、前に五十嵐が新しいカメラを買ったといって、自慢していたからだそうです」

「それで、十分だ」

　と、赤木はいった。

　廊下に出て、煙草に火をつけたとき、十津川に出会った。

「何か、いいことがあったようですね」

　と、十津川が声をかけて来た。

「そう見えますか？」

「見えますよ」

「それが、本当にいいことかどうか、わからないのです」

　赤木は、今までに調べたことを、十津川に話した。

「それが、なぜいいか悪いか、わからないんですか？」

　と、十津川がきいた。

「駒田悟が、金に困って覚醒剤に手を出していたことは、間違いないと思いますが、確証がありません。それに、N組やS組が関係ないとすると、ニセ駅員を射殺した犯人の見当がつかなくなってきます」

「それが、正解かもしれませんよ」

「正解？　犯人の見当が、つかなくなるのがですか？」

赤木が、びっくりして、十津川を見た。

「そうです」

「しかし、なぜ？」

「実は、射殺犯のことで、赤木さんと話し合いたいと、思っていたんです」

十津川がいったとき、西本刑事が、

「カメさんから電話が入っています」

と、呼びに来た。

十津川は、わかったというように手をあげてから、赤木に、

「あとで、射殺犯のことを、話し合いましょう」

と、いった。

4

十津川は、受話器を取った。

「これから、函館行きの飛行機に乗るところです」

という、弾んだ亀井の声が聞こえた。

「その調子からすると、何かつかんだようだね」

「くわしいことは、そちらに着いてから、お話ししますが、東京で藤原マリ子のことをいろいろと調べて、自分の疑惑が当たっていたことがわかりました」

「そうか。君の話を聞くのが楽しみだよ。空港に迎えに行く」

と、十津川はいった。

亀井は、一三時〇〇分着で着くというので、時間に合わせて、十津川は、一人で函館空港に迎えに行った。

函館空港は、函館市の東、車で約二十五分のところにある。

北海道では、千歳空港が有名だが、函館空港も、ジャンボ機（B747SR）が発着する広さを持っている。

函館―東京間一日六往復の他、名古屋、仙台、札幌、奥尻との間にも、直行便が飛んでいて、年間の利用者は百万を超える。

札幌の人々は、千歳が北海道の空の玄関というが、函館の人たちには、函館空港が北海道の空の玄関である。

空港の三階建ての青い建物が見えて来た。

十津川は、タクシーを降りて、到着ロビーに入って行った。

東京からの全日空８５７便が到着し、亀井が降りて来た。

青函連絡船のほうはがらがらだが、こちらのほうは満席に近いと、亀井がいった。

去年は、まだ連絡船の利用者のほうがわずかに多かったが、今年あたりは、空から函館へ出入りする客のほうが、多くなるかもしれない。

亀井は、帰りのタクシーの中でも雄弁だった。

「東京で、藤原マリ子を知っている人間に、何人か会って来ましたが、ほとんどの人が、彼女の純愛物語に首をかしげています」

「そうか」

「彼女と同じモデルクラブで働いている女は、何か魂胆があって、金井にくっついているに違いないといいました。藤原マリ子は、高校を卒業すると家を飛び出し、最初は都内の喫茶店で働いていましたが、その頃、暴走族グループとつきあっていたようです。そのあと暴走族とは縁を切ったわけですが、何ごとも、金に換算して考える娘だったというのです。そんな女が、殺人犯に惚れて、函館までついて行くというのは、考えられないというんです」

「しかし、現について来たんだ」

「金井は、四年間、服役していて、この間、彼女だけが面会に行っていますが、彼女の友だちは、そのとき、きいたそうです。そんなに金井が好きなのかと」

「それで、彼女は、何と答えたんだ？」

「好きだといったそうです」

「それなら、問題はないんじゃないかね？」

「ところが、そういったとき、藤原マリ子は、ニヤニヤ笑っていたというんですよ」

「笑ってね」

「そうなんです。それを見て、彼女の友だちは、本当は、愛していないんじゃないかと思ったと、いっています」

「しかしねえ、カメさん。彼女は、惚れているとしか思えない行動をとっているじゃないか。彼女の友だちは、つまり、彼女が芝居をしているというわけなんだろう？」

「そうです」

「しかし、そんな芝居をして、彼女は、何のトクがあるのかね？」

「問題は、そこなんですが、彼女の友だちは、私が函館まで彼女がついて来たことを話しても、惚れているとは思えないと、いうんですよ。私は、女の直感というやつを、信じたくなっているんです」

「女の直感か」

「他にも、私が疑問を深くしたことがあります。それは、藤原マリ子には、金井の他にも、男がいるという証言なんです。友だちの話では、金井が刑務所に入っている間、何人か、別の男とつきあっていたというんですよ」

「そうした男関係は、今も続いているのかね？」

「それが、わからないんですが、何人かの男の中の一人と、会って来ました」

「ほう」

「五十歳になる会社の社長で、名前は、緒方俊吾（おがたしゅんご）といいました。名刺をもらいました」

亀井は、タクシーの中で、内ポケットから名刺を取り出して、十津川に見せた。

なるほど、「中央興産取締役　緒方俊吾」とある。

「私が、藤原マリ子の女友だちに、彼女の男関係を知りたいといったら、紹介してくれたんです」

と、亀井がいった。

「現在も、この緒方俊吾は、彼女とつきあっているのかね？」

「現在は、切れたといっています。彼に藤原マリ子のことを聞いたんですが、確かに遊び好きで、男関係もルーズだといっていました。ただ、それで、逆に一人の男に惚れ込むようになったんじゃないかとも、いっていましたが」

「カメさんの話を聞くと、確かに、藤原マリ子の純愛物語には首をかしげるんだがね。現実は、否定できないよ。藤原マリ子は、東京の仕事を放り出して、金井に函館までついて来たという現実はね。これは、何回もカメさんと議論したことだが、彼女は、殺人犯の金井にくっついて、何のトクがあるのかということがある。彼女ががめつい性格となれば、なおさら、不可解になってくるんじゃないかね」

「確かに、そのとおりなんですが――」

「この緒方という男の言葉が、案外、的を射てるんじゃないかね」

と、十津川はいった。

「そうでしょうか？」

「だらしのない男女関係を持っていた者ほど、きれいな愛情に憧れるということもあるよ」

「そういうことは、あるかもしれませんが」

「他に、何か藤原マリ子のことで、わかったことはないかね？」

「彼女が、今どこにいるか、わかったような気がします」

「本当かね？」

十津川は、眼を大きくして、亀井の説明を待った。

「彼女は、前に一度、函館へ来ています。まだ、無名に近いモデルの頃で、今話した女友だちと、旅行に来ているんです。女二人で函館の市内を見物したわけですが、トラピスチヌ修道院の前まで来たとき、突然、彼女が、腹痛を起こしてしまったというんです。それで、友だちが修道院に助けを求めた。修道院では、看護をしてくれて、その日は、二人を泊めてくれたというわけです。藤原マリ子は、それが、いちばん、思い出になったと、いつもいっていたそうです」

「修道院か――」

「泊めてくださいといっても、簡単に泊めてはくれないでしょうが、その前で病気になれば、見殺しにはしないでしょう」

「なるほどね。トラピスチヌ修道院か。隠れるには、恰好だな」

「怪しい女が来ていると、警察に知らせることもしませんからね」

「どうするかね」

「いるかどうか確かめて、いたら、逮捕しますか？」

「いや、逮捕はまずい。金井英夫を逮捕する手がかりを失ってしまう。とにかく、修道院へ行ってみよう」

と、十津川はいった。

5

トラピスチヌ修道院は、函館空港に近い高台にあった。

まだ、周囲は雪に蔽われている。十津川と亀井は、タクシーを降り、雪道を修道院の建物に向かって、歩いて行った。

とがった緑色(グリーン)の屋根と、茶色いレンガの壁が見える。それが青空の中に浮かんでいて、ロマンチックである。

若い女性が憧れそうな景色だが、この季節では、観光客の姿はなかった。

現在、七十人ほどの修道女が、自給自足の生活をしていると聞いたが、近づいても、ひっそりと静かである。

二人は、立ち止まった。

「どうしますか？　藤原マリ子がいるかどうか、きいてみますか？」

と、亀井が十津川を見た。

「彼女に気づかれると、金井に辿りつけなくなるしね」

十津川は、白い息を吐いた。函館の市内も寒いが、この辺りは、なおいっそう、寒い。

「彼女は、ここから、金井に連絡をとっていると思いますか？」

「当然、連絡はとっていると思うよ」

「そして、また、どこかで会う気ですかね？」

「彼女が、金井のところへ行くか、それとも、金井がまた、函館へやって来るか」

「また、やって来るでしょうか？　そんな危険を冒すでしょうか？」

「金井も藤原マリ子も、警察が二人の居所を知らないと思っているだろう。普通はもう二人とも、函館から逃げたと思う。だから、逆に、函館にもう一度入るのは楽だと、金井は考えているんじゃないかね」

「そうかもしれませんね」

「だから、彼女がこの修道院の中にいるのなら、金井をおびき出すエサになる」

「見張りますか？」

と、亀井がきいた。

十津川と亀井は、いったん西警察署に帰ると、覆面パトカーを一台と、双眼鏡を一つ借りた。

十津川と亀井、それに西本の三人で、パトカーを修道院の近くにとめて、交代で見張ることになった。

6

金井は、再び、青森から青函連絡船に乗った。

あの日、浅虫温泉で一泊してから、東北の小さな町を転々としながら、函館にいるマリ子と連絡を取り続けた。

そうしている間に、金井は、マリ子との愛情を確かめたといってもよかった。もう一度、彼女に会うために、函館に潜入しようと決めたのは、彼女なしの人生が考えられなかったからである。

マリ子に会えれば、警察に捕まってもいいという覚悟もしていた。

四年間の刑務所生活は、警察の誤認のせいだったが、今度、松本弘を殺したのは、自分の意志で殺したのである。前のが濡れ衣だと主張しても、法律は、冷酷に前科者の殺人として考え、死刑か、軽くても無期になるのではないか。

一つの救いは、こんな自分を愛し続けてくれるマリ子がいるということだった。金井は、マリ子の過去を、ほとんど知らない。四年前、彼が、気鋭のカメラマンとしてちやほやされていた頃、マリ子もモデルだったはずなのだが、金井は、ほとんど覚えていないのだ。

その頃の金井の周囲には、有名女優やファッションモデルなどが何人もいて、無名のマリ子に、気がつかなかったのだろう。

「あの頃、私は、金井さんを見つめていたんだけど、肝心の金井さんは、私のほうを見てくれなかった」

と、マリ子はいうが、そうだったかもしれない。

マリ子について、今はモデルとして名前が売れていて、週刊誌のグラビアを飾ることもあるが、昔はかなりの突っぱりで、悪いこともしていたという噂を、聞いたことがある。だが、それが事実としてもかまわないと、金井は、思っていた。

財産もない、殺人犯として警察に追われている自分のような男に、函館までついて来てくれたことが、嬉しいのだ。

相変わらず、連絡船の船内は、がらんとしている。グリーン席も普通席も、乗客の姿は、まばらである。

金井は、遊歩甲板に出て、近づいて来る北海道の地形を見つめた。

現在、午後五時を廻ったところである。函館着は一八時四五分だから、暗くなっているだろう。

船内に、刑事と思われる人間は見当たらなかった。函館も、もう警戒されていなければいいのだがと思う。マリ子は、まだ見つかっていないと、いっていた。

この連絡船は、函館で、札幌行きの特急「北斗9号」に連絡している。

マリ子には、札幌までの切符を二枚買って、3、4番線ホームで待っていてくれるように、いってあった。

北海道のどこへ行きたいというわけではなかった。

できれば、函館の町でひっそりと、何日間かをマリ子と過ごしたいのだが、そうもいかないだろう。そろそろ、北海道のどこでもいいから、マリ子と一緒にいたいと思う。

「マッチ、お持ちじゃありません？」

急に、金井は声をかけられた。

7

振り向くと、白いコートの襟を立てて、二十七、八歳の女が金井を見ていた。

どこかで見た顔と思ったが、はっきりした記憶は、浮かんでこない。

金井は、ポケットから百円ライターを取り出して、黙って女に渡した。

「ありがとう」

と、彼女は、受け取ってから、煙草をくわえ、両手で囲うようにして火をつけた。

そのまま金井の横に来て、手すりにもたれると、

「おひとり？」

と、話しかけてきた。

「まあね」

「男のひとり旅って、ロマンチックな感じでいいわ。女は、なんとなくわびしいけど」

女は、ひとりで笑っている。

金井も、黙ってニヤッとした。

(おれのこの旅は、ロマンチックなのだろうか?)

と、考えたからだった。

「どこまで、いらっしゃるの?」

女がきく。

「それも、決めてないんだ」

「ますますロマンチックね。函館には、彼女が待ってるんでしょう」

「え?」

「何か、そんな感じがするの。そうでしょう?」

女は、にこにこ笑いながら、きいた。

(この女は、何者なんだろう?)

と、金井は警戒の眼になりながら、

「違うね」

「おかしいな、あなたの顔には、女難の相が出ているのにね」

「君はどうなんだ? 君にこそ、函館に男が待ってる感じがするよ」

「私は、正真正銘のひとり旅よ。あなたをどこかで見たような気がするわ」

女は、急に、金井の顔を正面から見すえるようにした。

金井は、視線を避けて、

「人違いだよ」

「そうかな。前に、どこかで会った気がするんだけどな」

「違うよ」

「何か、暗い影のある男って、魅力があるわね」

「悪いが、ちょっと考えごとをしてるんだよ」

と、金井はいった。

美人だし、なかなか魅力的な女だった。昔の金井なら、たとえ函館で待っている女がいても、船内の喫茶室にでも連れて行って、お喋りを楽しむところである。

だが、今は、そんな気持ちの余裕がなかった。

「じゃあ、握手してくださらない」

と、女がいった。

「え？」

「連絡船のデッキで、ひとり旅の男と女が出会ったなんて、ロマンチックだわ。だから、記念に握手したいの」

「ああ、いいね」

金井は、笑いながら、女と握手した。
「きっと、また会うと思うわ」
女は、そういって、デッキから降りて行った。
（変わった女だな）
と、金井は思う。
ポケットから煙草を取り出したが、そのとき指先に触れたものがあった。
小さくたたんだ紙片だった。
覚えのないものだった。首をかしげながら、広げてみた。

〈金井さま
困ったら、私に連絡してください。
お助けします。
函館では、ホテル・函館に泊まることになっています。

宏子（ひろこ）〉

8

今の女が、金井のポケットに投げ込んだに違いなかった。握手したときだろう。

（おれを、金井と知っていたんだ）

そのことのほうが、金井にはショックだった。

金井の顔は、新聞にも出たし、テレビにも映った。東京で人殺しをして、逃げている犯人としてである。

東北を逃げ廻っている間に、金井は、髪の形も変えた。今日は、濃いサングラスもかけている。

それに、金井が東京で松本を殺してから、すでに一週間以上、経過している。あの事件の直後なら、テレビや新聞で金井の顔写真を見て、覚えている人もいたろうが、もう、たいていの人たちが、忘れてしまっているはずである。殺人事件は、連日、どこかで起きている。

それなのに、今の女は、ひと目見て、金井とわかったらしい。いや、彼がこの連絡船に乗ったのも知っていて、デッキで近づいて来たのではないのか？

きっと、向こうも、金井のことをよく知っているのだ。

(宏子?)

と、口の中で呟いてみた。どうも思い出せない。きっと、どこかで会っているに違いないのだが、思い出せなかった。

相手がこちらのことをよく知っているのに、こっちは相手がわからないというのは、不安だし、いらいらするものである。

ただ、警察に密告する気はないようなのが、唯一の救いだった。

もし、密告する気なら、こんな紙片をポケットに入れたりせず、黙って、船舶電話をかけているだろう。

金井は、女がいった言葉を、思い出してみた。

急に、彼女のいったひと言ひと言が、気になってきたのである。

(函館には、彼女が待ってるんでしょう?)

と、女はいった。

あれは、当てずっぽうにいったのだろうか? それとも、函館でマリ子と会うのを知っていて、いったのだろうか?

(あなたの顔には、女難の相が出ている)

とも、いった。

あれは、たんなる冗談だったのか。それともマリ子と一緒に、警察に捕まるという意味だったのか？

金井は、女の正体を知りたくなって、デッキを離れると、船内を探して歩いた。

探すとなると、広い船内である。それに、歩き廻って、船員に怪しまれるのも嫌だったから、どうしても、なにげなく、ゆっくり歩くことになってしまう。

まず、グリーン席を見て廻った。ずらりと並んだブルーの座席には、ほとんど乗客の姿はなかった。

まばらに座っている乗客の中には、眠っている人もいた。

女の姿はない。

金井は、下の自由席へ降りて行った。

ここは、小さく区切られた床式の小部屋である。

上のグリーン席に比べて、こちらのほうが乗客は多かった。床になっているので、たいていの客が、寝転んで本を読んだり、ラジオを聴いたりしている。

トランプをしている若い女性のグループもいた。が、あの女は、見えなかった。

二段ベッドの寝台室もあるのだが、ここは、使われていなかった。

娯楽室も、のぞいてみた。

子供たちが、テレビゲームをしているだけだった。

シャワールームやトイレは、のぞくわけにはいかなかった。

船内には、キヨスクもあり、自動販売機も並んでいる。

電話室もあった。が、そこにも女はいなかった。

この船「大雪丸」からとった、グリル「大雪」という食堂もあったが、それでも、のぞいてみると、五、六人がテーブルについて、窓外の景色を見ながら、食事をしていた。

ここにも、女の姿はない。

探し疲れて、金井は、「海峡」という名前の喫茶室に入った。

なかなかぜいたくな造りの喫茶サロンだが、客は、一組の若いカップルしかいなかった。

従業員も、カウンターの中に女性が一人いるだけだった。

金井は、窓際に腰を下ろし、コーヒーを飲んだ。

窓の外は、少しずつうす暗くなっていく感じだった。また、北海道は、粉雪が舞っているかもしれない。

女は見つからないが、消えたという感じはなかった。多分、シャワールームにでもいたのだろう。

金井は、女がポケットに入れていったメモをテーブルの上に置いて、改めて見つめた。

困ったら、私に連絡してください。お助けします——というのは、どういう意味なのだろうか？

函館で泊まるホテルの名前が書いてあるのは、いざとなったら、そこに、逃げて来いという意味なのだろうか？

今の金井には、マリ子以外に、自分を助けてくれる人間がいるとは、思えなかった。

無実の罪で、刑務所に放り込まれたときでさえ、それまで金井の恋人を気取っていた女たちも、仕事仲間も、あっという間に離れてしまった。

それに、殺人が加わったのだから、今度は、誰一人、寄りつくまい。マリ子をのぞいてはである。

(宏子か)

その名前がどうしても、金井の記憶と結びつかない。

四年間の刑務所生活の間、面会に来てくれたのは、マリ子だけである。他の女、宏子という名前の女が、面会に来たことはなかった。

（いったい、誰なのだろうか？）

窓の外の海の景色を見ながら、その疑問が、金井の頭を離れなかった。

9

トラピスチヌ修道院の近くに、車が一台、駐(と)まっていた。

十津川が、監視のために、西警察署から借りた覆面パトカーである。

今、亀井が監視の番で、ときどき双眼鏡で修道院を見た。

若い西本刑事は、リアシートで眠っていた。十津川は、東京と連絡をとりに、西警察署に行っていた。

修道院の玄関は、ひっそりとして、人の出入りする気配はない。

十津川が、タクシーで戻って来た。

タクシーを返し、白い息を吐きながら、助手席に乗り込むと、

「サンドイッチを買って来た。それと、温かいミルクは、赤木警部の差し入れだ」

と、いい、魔法びんを二人の間に置いた。

「西本を起こしますか？」

「寝かせておこう。サンドイッチとミルクは、彼の分をとっておけばいいだろう」

「金井の居所は、依然として、つかめずですか？」

サンドイッチをつまみあげながら、亀井がきいた。

「残念ながらね。ただ、あの修道院に出入りしている業者が、中で、修道女以外に、若い女を見たと教えてくれたよ。藤原マリ子の写真を見せたら、似ているといっていた」

「やはり、彼女は、あの中ですか」

「病気が治るまで、ここに置いているのだと、修道院では、いっているらしい」

「病気といって、入り込んだわけですか」

「彼女がここにいるということは、金井がまた、函館にやって来るということだよ」

「彼は、来ますかね？」

「他に行くところはないよ。藤原マリ子のところ以外にはね」

「東京は、どうでした？」

「三人も函館に出かけて、まだ捕まらないのかと、三上部長がかんかんだと、課長がいっていたよ」

「そうでしょうね」

と、亀井は刑事部長の怒った顔を思い出して、苦笑した。

依然として、修道院は、静かである。

「函館駅の殺人事件のほうは、進んでいますか？」

亀井が、きいた。

「どうやら、被害者の身元がわかったようだよ」

「そりゃあ、よかったですね」

「函館の人間じゃないそうだ。他所からやって来て、市内のバーなんかで働いていた男だ。ニセ駅員になりすまして、駅のコインロッカーから、覚醒剤の入ったボストンバッグを持ち出したのは、誰かに頼まれたんだろうね」

「駒田悟にですか？」

「二人の間のつながりがわからないので、赤木さんたちは、困っているみたいだね。推測だけじゃ、逮捕はできないからね」

「どうするんです？」

「これは、赤木さんがいうんだが、駒田悟は、今、金に困っている。借金がかなりある。といって、今まで、さんざん父親や兄貴に迷惑をかけているので、払ってくれとはいえない」

「一族の中の持て余し者ですか。そういう人間に限って、自尊心だけは、人一倍強いもんですよ」

　と、亀井がいう。

　相変わらず、修道院の前に人の姿はない。

「駒田悟は、その口らしいよ。それで、赤木さんがいうんだが、駒田は、また同じことをやるんじゃないかとね。手っ取り早く大金をつかむには、覚醒剤が早道だ。先日は失敗したが、駒田は、前にも、函館駅のコインロッカーを利用して、覚醒剤を手に入れ、売りさばいたことがあるらしいんだな。本州から連絡船に乗った人間が、覚醒剤を持って来て、駅のコインロッカーに入れておく。それを駒田が取り出すというのを、また、やるんじゃないかというのさ」

「なるほど」

「今度は、殺させずに、逮捕できれば、駒田悟も逮捕できると、赤木さんは、いっている」

「そうなると、また狙われるんじゃありませんか。サイレンサーつきの拳銃を持った男に」

亀井が、不安そうにいった。

10

瀬沼は、電話を取った。

「今日です」

と、相手がいった。

「場所は？」

「函館駅」

「また、函館駅か」

瀬沼の顔に、自然に笑いが浮かんだ。

「それで、時間は？」

「午後六時には、函館駅に行ってください。私が合図したら、射ってください」

「わかった」

と、瀬沼はいった。

電話を切り、腕時計に眼をやった。午後四時五十分。

ベッドに腰を下ろし、拳銃を取り出した。

弾倉に弾丸が入っているかどうか、念を入れて調べ、それからサイレンサーを取りつけた。その拳銃をテーブルの上に置き、煙草に火をつけた。

仕事のたびに、今度こそ、捕まるのではないかと思う。が、別に、それを怖いとは思わなかった。

なげき悲しむ家族がいるわけでもない。親しい女もいない。

ふと、昨夜、抱いた女のことを思い出した。小さなバーで会った女である。

瀬沼のことを、自分と同じ水商売の人間と、勝手に決めていた。

もし、瀬沼が逮捕されて、新聞に人殺しを商売としている男と出たら、あの女は、びっくりするだろうか。それとも、そんな男に抱かれたことを、自慢して、吹聴するだろうか？

（多分、自慢のタネにするだろう）

と、瀬沼は思い、その結論に、自分で笑っていた。

第十章　東京

1

東京では、清水(しみず)と日下(くさか)の二人の若い刑事が、亀井のいい残して行った捜査を続けていた。

藤原マリ子のことである。

亀井は、さらに、彼女の交友関係を徹底的に調べておいてくれと、二人の刑事にいい残して、函館に戻って行った。

清水と日下は、その命令を忠実に守っていた。

藤原マリ子の交友関係を洗っていくことは、必然的に彼女の過去を調べることになり、それは、四年前に、金井が起こした交通事故にもつながっていった。藤原マリ子と金井の関係が、この事件の直後から、深くなっているからである。

亀井は、この事件まで、ほとんど関係がなかった藤原マリ子が、急に金井に対して、献身的になったのは、おかしいといっていたが、清水と日下は、もう一つ、マリ子のことで、気づいたことがあった。

四年前まで、無名に近かった彼女が、この頃から仕事が増え、どんどん有名になっていることである。

藤原マリ子は、大柄で、見映えのする美人である。四年前の事件とは関係なく有名になったかもしれないが、清水と日下は、偶然かもしれないこの一致に拘った。

藤原マリ子は、中央興産の夏のポスターのモデルになったことで、一躍、有名になった。

それが、四年前の夏である。

中央興産の社長、緒方俊吾と、彼女が関係があったことは、亀井が調べ出したが、二人の関係は、今は切れていることになっていた。

清水と日下は、四年前、中央興産が、なぜ無名のマリ子を抜擢して、自社のモデルに使ったのか、その理由を調べていった。

その途中で、清水たちの関心を引いたのが、問題のポスターの写真を撮ったのが、若い、松本弘だったことである。

松本弘は、金井が殺した男なのだ。四年前、自分を罠にかけた人間として、金井は、出所してすぐ松本を殺した。そして、現在、逃亡している。

金井の主張が真実かどうか、清水たちには、わからない。四年前の事件は、東京で起きたものではなかったからである。

松本弘も、マリ子同様、無名だった。金井に可愛がられていた若手のカメラマンだったが、写真だけでは、食っていけない状態だった。

その松本が抜擢されて、中央興産のポスター写真を撮り、認められた。

これは、偶然なのだろうか？

四年前、金井は逮捕され、起訴された。

その直後に、藤原マリ子は突然、脚光を浴びた。カメラマンの松本もである。

清水と日下は、この辺の事情を、中央興産に行って確かめてみた。直接、社長の緒方に会いたかったのだが、あいにく旅行中ということだった。

二人は、広報部長の中西（なかにし）という男に会った。四年前のポスターのときも、責任者だったという大柄な男である。

年齢は、五十四、五歳だろうか。四年前は五十歳前後だったはずである。

部長室の壁には、毎年の宣伝ポスターが、ずらりと並べて掲げてある。

四年前は、やはり藤原マリ子だった。

「この藤原マリ子の写真ですがね」

と、日下が、写真を指さした。

中西は、太った身体をぐるりと廻して、見上げてから、

「ああ、彼女は、歴代のモデルの中でも、スタイルの良さで、抜きん出ていましたね。なにしろ、身長一七五センチと、大きいですからね」

「カメラマンは、先日殺された松本弘でしたね」

「そうです。残念ですよ。気鋭のいいカメラマンでしたがね。犯人の金井は、まだ捕まらんのですか？」

「まもなく、逮捕されると思っています」

「早く捕まえてほしいですね。あんな狂犬みたいな男は」

中西は、眉を寄せていった。

「四年前のこのポスターですが」

と、清水が口を挟んで、

「なぜ、このとき、無名の藤原マリ子と松本弘のコンビを、使われたんですか？　他

の年度のポスターを見ると、有名タレントや有名カメラマンを、使っているようですがね」

「あのときは、特に新鮮な写真を、という声があったものですからね」

「しかし、特に、藤原マリ子と松本弘を選んだ理由は、何だったんですか？」

「理由ですか？」

「そうです。誰かの売り込みですか？　それとも、他の理由があったんですか？」

「さあ、どうでしたかね。なにしろ、四年前のことですから」

中西の言葉が、急にあいまいになった。

「たった四年ですよ」

と、日下がいった。

「覚えていないというのは、おかしいんじゃありませんか？」

「私は、この仕事だけをやっているわけじゃないんですよ」

中西は、文句をいった。

「じゃあ、いちばんよく知っているのは、誰なんですか？」

「ちょっと、待ってください。このポスターが、何かの事件と関係しているんですか？」

「モデルの藤原マリ子は、殺人犯と一緒に逃亡していると思われている。カメラマンの松本弘は、その殺人犯に殺されている。調べるのは、当然でしょう」

「しかし、うちの会社とは、関係ありませんよ」

「それなら、四年前の事情を、くわしく話してくれませんかね」

「夏の宣伝ポスターを作る頃になると、自薦他薦で、わっと集まってくるんですよ。その中から選ぶんです。四年前も、そうして選びましたよ。ただ、この年だけは、新鮮さを第一にしたので、あの結果になったんです」

「次の年は、有名モデルと有名カメラマンになっています」

「そうです」

「すると、新鮮さ狙いは失敗したので、軌道を元に戻したということですか？」

「そんなことは、ありませんよ。あの年は、それなりに成功しましたよ。新鮮だということで、評判でしたからね」

「社長の指示じゃなかったんですか？」

と、日下はきいた。

「とんでもない。決定は、広報部でしますよ」

中西は、顔を赤くしていった。

「しかし、中央興産は、緒方社長のワンマン会社だと聞いたし、緒方さんと藤原マリ子が、親しかったという噂も聞きましたがね」

「それこそデマですよ。うちは、外国ファッションの輸入では、トップを走っているんで、競争相手からねたまれているんです。それで、あることないこと、中傷されまして、いつも困ってるんですよ」

「わかりました」

と、日下は肯き、同僚の清水に、

「帰ろう」

「しかし、まだ――」

清水がためらうのを、日下は、強引に、引きずるようにして外へ出た。

「あの部長は、嘘をついているよ」

と、清水は、文句をいった。

「わかってるよ」

と、日下。

「じゃあ、どうして引き揚げるんだ？」

「他に当たったほうが、得策だと思ったからだよ。あの部長は、本当のことはいわん」

「どこへ当たるんだ？」

「まず、藤原マリ子が四年前に所属していたモデルクラブだな」

2

東京・渋谷にあるモデルクラブである。

成功してから、藤原マリ子は、他のモデルクラブに移っていた。当然、この前のモデルクラブでの評判はよくないだろうと、想像された。

元モデルで、現在、ここの副社長をやっている吉川優子に会った。

「あの子のことは、あんまり喋りたくありませんわ」

と、優子はいった。

「そうかもしれませんが、四年前に、彼女が中央興産のキャンペーンガールになった頃のことを、話してもらいたいんです」

「別に、話すことはありませんわ。彼女が、勝手にやったことですから」

「勝手にというと、あの仕事は、このモデルクラブを通さなかったんですか？」

「すると、あの仕事は、彼女がひとりで中央興産に行って、話をつけてきたんですか？」

「ええ。もちろん」

「しかし、普通は、通すんでしょう？」

「そうですよ」

と、日下はきいた。

清水がきくと、優子は笑って、

「あの子に、そんな才覚があるもんですか」

「じゃあ、誰かが、彼女のことを売り込んだわけですかね？」

「これは、噂話として、聞いたんですけどね」

と、優子は声をひそめて、

「どこかで、あの子が、中央興産の社長さんと出会ったんですって。あの子は、頭は悪いけど、昔から色気だけはあったんですよ。それで、緒方社長をたらし込んで、あの会社のキャンペーンガールを射止めたということですわ」

「噂話でしょう？」

「でも、私は、間違ってないと思いますね。他に、あの子が、あんな大役を手にする理由なんて、考えられませんものね」

「松本弘というカメラマンのことは、ご存じですか？」

「ええ、もちろん。この間、金井さんに殺されたけど」

優子は、興味津々という顔になっている。

「金井も知っていたんですか？」

「ええ。よく、うちのモデルたちの写真を撮ってもらっていましたから。腕のいい、面白い人でしたわ」

「金井は、弟みたいに思っていた松本に裏切られたので、かっとして殺したみたいにいっているようなんですがね。そのことは、どう思いますか？」

「その辺のことはよく知りませんけど、金井さんが刑務所に入った直後から、松本さんがのしあがってきたことだけは、確かですわね」

「松本というカメラマンは、腕は良かったんですか？」

清水がきくと、相手は、「そうねえ」と考えてから、

「悪くはないけど、特別、素晴らしいということもなかったわ。だから、彼が中央興産のポスターを撮ったときは、みんなびっくりしたし、松本弘って、どんな人って、みんなで、首をかしげたんですよ。同じ写真家仲間だって、よく知らなかったんじゃ

ありません？」

「すると、中央興産の夏のポスターでは、モデルの藤原マリ子も、それを写した松本弘も、意外だったわけですね？」

「ええ。みんな呆(あき)れてましたよ。これは、何だろうって」

「何だったんですかね？」

日下がきいた。

優子は、笑って、

「それは、いろいろ想像できますけどね、今いったみたいに、中央興産の社長と藤原マリ子が、関係があるに違いないってことは、みんないってましたよ。それ以外に考えられませんもの」

「松本弘のほうは、どうなんですかね？」

「さあ、まさか、中央興産の社長さんが、ホモということもないでしょうしね」

と、優子はまた笑った。

3

　二人の刑事は、今度は、松本弘が所属していた写真家の組織を訪ねてみた。ＣＣＣという名称である。セントラル・カメラマンズ・センターというらしい。

　ここのマネージメントをしている片山という男に会った。彼自身もカメラマンである。

「奴のことは、話したくないね」

　と、片山はいきなりいった。それに、もうこの組織に入っていないと、付け加えた。

「それは、死亡したから、自動的に除名されたということですか？」

　清水が、きいた。

「いや、もっと前から、除名している」

「しかし、松本弘は、中央興産の夏のポスターを撮ってから、売れ出していたんじゃありませんか？」

「売れるということと、いいカメラマンということとは、別ですよ」

「売れるということは、腕がいいことだと思いますがね」

「それがイコールなら、いちばんいいですがね。彼の場合は、違ってたんですよ」

「しかし、仕事が来ていたわけでしょう？」

「でも、ほとんど中央興産がらみの仕事ですよ。あそこの社長は、中央興産の他にも、ファッション関係のいくつかの会社の社長や株主になっていますからね。その気になれば、その関係の写真を、全部、松本に頼めるわけだし、そうしてましたね。それで、松本は、売れっ子みたいになったんですよ」

「中央興産の社長の緒方は、なぜ、そんなに松本弘を買っていたんですかね？　腕もそれほどでなかったのに」

「そこが、不思議なんですよ。どうやって、奴が緒方社長に取り入ったのかね」

「確か、四年前の夏のポスター写真からでしたね」

「そうです。それまで、あの金井英夫が撮ってたんですよ。彼は、あんなことで刑務所に入ってしまいましたが、うちとしては、彼と同じくらいの腕の人間が、何人もいますからね。その中の一人に、注文が来ると思っていたんですよ。それが、松本というんで、みんな、びっくりしましてね。僕は、中央興産の広報部長に電話しましたよ」

「そしたら、向こうは、何といっていました？」

「最初は、若い新鮮なモデルと、新しい感覚の写真家でということだと、いっていましたがね。最後には、社長の意向なので、どうしようもないんだと、いいましたよ」

「松本が、金井英夫の弟分だったからということは、なかったんですか？」

「それはありませんよ。そんなことで、仕事が来るような甘い世界じゃないし、刑務所へ入るについては、松本が何かしたという噂がありましたからね」

「なぜ、中央興産の緒方社長は、松本弘に執心したんですかね？」

「それがわからないんですよ。いくら調べても、松本と緒方社長との結びつきが、わからんのです」

「松本自身は、どういってたんですか？」

「そうだ。彼を呼んで、きいてみたことがありましたよ。そのときの奴のいい草がね。おれは、緒方社長に気に入られてるんだ。どんな無理でも聞いてくれるから、もう、CCCの世話にならなくてもいいんだと、いうんですよ。腹が立ったから、理事会にかけて、除名したんです」

「緒方社長は、どんな無理でも聞いてくれるといったんですか？」

「それも、得意げにニヤニヤ笑いながらね。いつのまに、緒方社長を取り込んだんですかね」

「そのことで、何か、思い当たることがありますか？」

「いや、全然、ありませんね」

「緒方社長のことは、よく、ご存じですか？」

と、日下がきいた。

「中央興産は、うちのお得意でしたからね。ときどき、緒方社長と、食事をしたりもしましたよ」

「どんな人ですか？」

「いかにも、やり手という感じですが、僕は好きになれませんね。最近、中央興産の仕事が来ないからというわけじゃありませんがね」

「どんなところが、嫌いなんですか？」

「いかにも傲慢（ごうまん）でね。それに嫉妬深いし、冷酷です」

「それらしい経験をされたようですね？」

と、清水がきいた。

片山は、苦笑しながら、

「まだ、中央興産とうまくいっていた頃ですがね。緒方社長と銀座に飲みに行ったことがあるんですよ。あるクラブへ行きましてね。ちょっときれいなホステスがいたんで、僕はご機嫌で、彼女と話をしていたんですよ。そのうち、妙に座が白けてきて、気がつくと、緒方社長がじっとこっちを睨んでいましてね。蛇のような眼つきでしたね。僕は、あわてて彼女から離れましたよ。そのホステスは、緒方さんのお気に入りだったんです。あとで聞くと、緒方社長は大変な焼き餅やきで、あの会社のある部長が、社長の彼女と知らずにつきあっていて、馘になったことがあるそうですよ」

「まさか――」

「いや、事実なんです。もちろん、他の理由をつけて、馘にしたんですが、本当の理由は、女のことだったということです」

「逆にいうと、緒方社長というのは、女好きということになりますか？」

「そうですね」

「毎年、中央興産が夏のイメージポスターに、美人のモデルを使いますね。彼女たちにも、緒方社長は、手を出していますかね？」

日下がきくと、片山は、笑って、

「それは、みんな知っていますよ。有名ですからね」

「すると、四年前の夏に、当時、新人だった藤原マリ子が、ポスターのモデルに使われましたが、彼女にも、緒方社長は、手をつけていることになりますね？」

「当然ですよ。特にあの娘の場合は、関係ができたんで、ポスターガールに抜擢されたんだと思っていますよ。モデルの場合は、それで説明がつくんですが、松本のほうは、どうもわからない。よほど、緒方社長の気に入られるようなことをしたのか、あるいは、その弱みを握っていたのかの、どちらかだと、思っているんですがね」

と、片山はいった。

4

少しずつ、わかりかけてきたが、肝心なことが、はっきりしないといういらだたしさを、清水も日下も、感じていた。

藤原マリ子が、中央興産の緒方社長と関係があったことは、間違いないようである。また関係があったからこそ、四年前の夏のポスターに抜擢され、モデルになったのだろう。

「カメさんが想像したとおり、やはりおかしくなってくるよ」

と、清水がいった。

金井が交通事故を起こし、有罪判決を受けて、刑務所に送られたのは、四年前の五月である。

夏のポスターは、そのあとに作られている。

藤原マリ子が、刑務所に金井に会いに行っていることは、たいていの人間が知っていた。

緒方だって、当然、それは耳にしていたろう。それなのに、なぜ、わざわざ彼女を夏のポスターのモデルに、使ったのだろうか？

なお不思議なのは、その後も藤原マリ子は、刑務所通いを止(や)めていないのに、中央興産では、引き続き、彼女を自社のモデルに使っていることである。

嫉妬深く、女がらみで部長を馘にしたという緒方の性格を考えると、まったくおかしいのだ。

「どう考えたらいいのかな？」

日下が、首をひねった。

「カメさんが疑ったように、藤原マリ子が刑務所通いをしたのは、金井に対する愛情からなんかじゃないと思えば、辻褄(つじつま)が合うんじゃないかね」

と、清水がいった。

「すると、彼女は、何のために刑務所通いをし、そのあと、殺人犯になった金井と一緒に逃げているんだ？」

「そこまでは、わからない。だが、すべて、緒方社長の了解の下に、やっているんじゃないかと思うんだよ、そう考えれば、金井に純愛を捧げながら、中央興産の仕事を彼女が続けていることが、納得できるじゃないか」

「しかし、どう考えても、緒方というのは、そんな寛大な心の持ち主じゃないと思うがね」

「じゃあ、こう考えたらどうだろう。緒方が、藤原マリ子を金井に会いに、刑務所に行かせたと」

「理由は？」

「わからんよ」

と、日下は、肩をすくめてから、

「おれは、緒方社長の周辺を調べてみるから、今までわかったことを、十津川警部とカメさんに、伝えておいてくれ」

と、清水にいった。

第十一章　連絡本部

1

　函館駅では、事件が再発すると見て、駅長事務室を警察に提供することになった。構内には派出所もあるし、西警察署も遠くはないのだが、いざというときには、どうしても遅くなってしまうからである。

　そして、なによりも重視したのは、函館駅の幹部と警察の幹部との連絡である。

　駅長事務室を半分に仕切り、警察に提供したが、そこには、「函館駅構内射殺事件連絡本部」の看板は出さなかった。

　函館駅側の責任者は、当然、一枝駅長だが、連絡係は矢野ということになった。

　警察側は、赤木警部である。

赤木は、ベテランの岡田部長刑事と二人で、連絡本部の設けられた駅長事務室にやって来た。

「急遽、この連絡本部が設けられたところをみると、事件の再発が近いと、警察は見ているわけですか？」

と、矢野は、赤木にきいた。

「今日にも、起きる可能性があります」

と、赤木はいう。

「また、覚醒剤の取引に、この函館駅が利用されるということですか？」

「そうです」

「しかし、犯人たちは、失敗したばかりでしょう。それなのに、また性こりもなく、函館駅を利用するでしょうか？」

「一応は、そう考えられますがね。主謀者とみられる駒田悟は、現在、大変、金に困っています。その借金のために、素人のくせに覚醒剤に手をつけましたが、先日は失敗して、覚醒剤は、警察に押収されてしまいました。ますます金に困る状態になっていると思うのです。とすれば、駒田悟としては、なるべく早い時期に、もう一度考えているはずです」

「しかし、他の方法で、取引をするんじゃありませんか？」

と、矢野がきいた。

駒田悟が主謀者らしいというのは、矢野にもわかる。警察の話を聞くと、そう思うのだが、彼が、もう一度、函館駅を取引に利用するだろうという警察の予測には、首をかしげてしまうのである。

赤木は微笑して、

「時間の余裕があれば、駒田は、別の方法を使うと思います。しかし、彼にはその余裕がない。函館駅を利用する方法は、多分、長い間かかって、作り上げたルートだと思うのですよ。クスリの取引は、相手があることだし、信用が第一です。駒田が新しい方法を考えても、それを相手に信用させるには時間がかかります。それに、函館駅のコインロッカーを利用する方法は、もう何回も使われていたと思います。駒田にしてみれば、一回ぐらい失敗しても、成功率は高いわけですし、取引相手を説得できるはずです」

「なるほど」

「ただし、駒田悟は、駅前のビルから、絶えず双眼鏡で函館駅を監視していますから、警察官がうろうろしていたり、駅員の動きがおかしければ、動きません」

「すると、この連絡本部は？」

「西警察署から、何か連絡のたびに、われわれがやって来ていたのでは、警戒されてしまいますからね」

と、赤木はいった。

電話が鳴った。

赤木警部へである。電話をすませた赤木は、矢野に向かって、

「今日明日中に、駒田は、動きますよ」

と、いった。

「何か、密告でもあったのですか？」

「いや、そんなものはありませんが、私の部下たちが、駒田悟に金を貸している債権者に当たっていたんです。すると、その中の二人が、これは高額の貸し主ですが、駒田が、二、三日中に返すと約束したというのです。今のは、それを知らせて来たんです」

「すると、駒田悟は、今日明日中に、また覚醒剤の取引をすると？」

「その可能性が強くなったわけです。それに、こんな短時間では、新しい取引方法を開拓できません」

「わかりました」

と、矢野は肯いた。

腕時計を見ると、まもなく午後五時である。

「何をしたらいいでしょうか？」

と、矢野は、赤木にきいた。

「表面上は、何もしないでください。特に、問題のコインロッカーの周辺を駅員が行ったり来たりしていると、いたずらに警戒させてしまいますからね。今度は、駒田悟の首根っ子を押さえてやりたいんですよ」

「今日としたら、何時頃に、駒田はやるでしょうか？」

「時間はわかりませんが、人間の心理として、明るいうちには動かないと思いますね」

と、赤木はいった。

「すると、先日のように、深夜になってからでしょうか？」

「かもしれないし、時間をずらして、もっと早く動くかもしれません」

といってから、赤木は、窓の外に眼をやった。

少しずつ、函館の町も駅の周辺も、暗くなりかけている。

ネオンが、早々と輝き出した。函館駅の赤いネオンもである。

「そろそろ、警戒態勢に入る必要がありますね」

と、赤木がいった。

2

トラピスチヌ修道院近くに駐めてある十津川たちの車に、連絡の車が来て、東京からの電話をメモしたものが渡された。

東京で捜査を続けている清水と日下両刑事からの報告である。

十津川は、眼を通してから、そのメモを亀井に渡した。

「カメさんの推理が当たっていたようだね」

と、十津川は、亀井にいった。

亀井は、メモを次の西本に渡してから、

「もし、藤原マリ子が、愛情から金井と行動をともにしているのではないとすると、本当の目的は、いったい何なのかということになりますね」

「それと、もう一つの問題として、今までの事件のとらえ方で、はたしていいのかということがある」

「と、いいますと？」

「四年前、金井は、弟分の松本にはめられた。金井は、そういっている。それで、出所して来ると、金井は松本を殺して、逃亡した。われわれは、今度の事件をそう解釈しているわけだが、ひょっとすると、違うのかもしれない」

「しかし、違うといっても、どんな見方があるでしょうか？」

西本が、わからないという顔で、十津川を見た。

亀井が、横から、

「警部のいうのは、こういうことなんだ。金井は、後輩の松本にはめられたと思い、カッとして、相手を殺してしまった。しかし、その松本も、誰かにはめられたんじゃないかとね。そうでしょう？　警部」

「少し違うんだ。松本も、金井をはめたことで、利益を得ている。金井にとって代わって、中央興産の仕事を、一手に引き受けることになったんだからね。だから、松本は、取引したんだと思う」

「中央興産社長の緒方とですか？」

と、西本がきいた。

「ああ、そうだ」

「しかし、わかりませんね。緒方が、松本に命じて、金井を罠にはめ、四年間、刑務所に放り込んだ。何のために、そんなことをしたんですか？」

「わからんよ。だが、東京で清水刑事たちが調べているから、そのうちにわかってくると思っているんだがね」

「藤原マリ子は、何を、緒方と取引したんでしょうか？」

と、きいたのは亀井だった。

「藤原マリ子ね」

「私は、前から、彼女の純愛物語は、うさん臭いと思っていたんですが、どうやら、彼女も、松本弘と同じように、中央興産の緒方社長と取引したんだと、思うようになりましたがね。何を取引して専属のモデルにしてもらったのかが、わからないんですよ。松本は、金井に交通事故の罠をかけたことで、緒方社長と取引したわけですか」

「それは、私にもわからないね。西本君はどう思うね？」

十津川は、西本に眼をやった。

西本は、首を振って、

「私は、実は、藤原マリ子という女性を、尊敬していたんです。ああいう女性が、自分の傍にいてくれたらいいなってですよ。愛のために、世間の非難なんか平気で、男のために尽くしているわけですからね。その夢がこわれただけでも、がっくりしているんです」

「結婚するんなら、ああいう女性だと、思っていたわけかね？」

十津川が、微笑して、西本を見た。

「そうです。モデルをやるくらいの美人で、しかも男に献身的。こんな素敵な女性は、いないと思ったんです。今の若い女は、いざとなったら、ボーイフレンドなんか放り出して、すぐ逃げ出しますからね。今でも、彼女のような女性がいるんだと思って、希望が持てたんですよ。その夢が崩れて、がっくりしています」

西本が、憮然とした顔でいった。

「大丈夫さ。可愛くて献身的な女性は、まだいくらでもいるよ」

と、十津川は、なぐさめるようにいった。

「警部。車が来ます」

亀井が、鋭い調子でいった。

暗くなった通路に、車のライトが近づいて来るのが見えた。

「タクシーだよ」

と、十津川がいう。

タクシーは、十津川たちの車の前を通り過ぎ、修道院の入口に近づいて行った。

「空車でしたね」

と、西本がいった。

「修道院で、タクシーを呼んだんだ」

「藤原マリ子かもしれません」

「暗くなっているからね。動くとすれば、そろそろだね」

十津川の言葉で、車の中に緊張感が走った。

三人の眼が、一斉に修道院の入口に注がれた。

光が動いたように見えたのは、入口の扉が開いたのだ。

黒いシルエットになった人間が四人ほど出て来て、その一人が、待っているタクシーに乗り込んだ。

「藤原マリ子かな？」

「わかりませんね。明るければ、わかるんですが」

亀井が、口惜しそうにいった。

「修道女が、こんな時間にタクシーで外出はしないだろう。泊まっていた藤原マリ子が、出て行くんだよ」

「と、思いますが」

「エンジンをかけてくれ」

と、十津川がいった。

運転席にいた西本が、エンジンをかけた。

タクシーが戻って来て、十津川たちの前を通り過ぎて行く。

「追ってくれ」

と、十津川はいった。

3

タクシーには、確かに客が一人乗っていたが、それが藤原マリ子とは、確認できなかった。

客席が、暗かったからである。

それでも、十津川は、藤原マリ子が乗っていると判断して動いた。

先に行くタクシーは、まっすぐ函館の中心街に向かっている。

「また、雪か」

と、十津川は舌打ちした。

暗い中で、白い粉雪が、舞い始めたのである。

函館へ来てすぐは、この時期に雪が降るのが面白かったのだが、もううんざりしてしまった。東京育ちの十津川は、寒いのは苦手である。

先行するタクシーは、函館駅の近くで停まった。

若い女が、降りた。

「やっぱり、藤原マリ子ですよ」

と、亀井が、ほっとした顔でいった。

マリ子は、駅の正面が見える喫茶店に入った。

「時間潰(つぶ)しですかね」

と、亀井がいう。

「多分ね。君は、あの店に行ってくれ」

十津川は、西本にいった。

西本が車を降りて、その喫茶店に入って行った。

十津川は、車の中から、函館駅を見つめた。

粉雪は、前より激しくなった。

駅前広場を横切って行く人たちも、自然に小走りになっている。

「函館駅」の横看板の赤いネオンも、「れんらく船のりば」の同じく赤いネオンも、ときどき雪にまぎれて、かすんでしまう。

駅前の駐車場は暗いので、駅の明るさだけが、いやに目立って見える。

「夜見ると、いかにも北の駅にいる感じだね」

と、十津川は、亀井にいった。

駅の正面にある大きな夜光時計は、午後六時十五分を指している。

「二人は、やはり、駅で会う気なんでしょうか？」

「藤原マリ子がここへ来たところをみれば、落ち合うのは駅だろう」

「すると、金井は、また連絡船で、青森からやって来るということになりますね」

「そうだな」

「なぜ、性こりもなく、函館へ来るんですかね？」

「金井にとって、函館が、生まれ故郷だからだろう」

「ひょっとすると、金井は、子供のとき、あの駅で遊んでいたのかもしれませんね」

「子供のときね」

「私は、青森で育ったんですが、子供の頃、よく青森駅へ行って、構内で遊んでいましたよ。駅にいると、どこか素敵なところへ行けるような気がするからなんです」

「なるほどね、わかるような気がするね」

と、十津川はいった。

十津川は、東京の私鉄沿線で生まれ、育っている。傍にあったのは、小さな駅だったが、それでも、小さな頃、改札口の近くにいて、到着する電車を眺めていた記憶はある。

「次に連絡船が到着するのは、一八時四五分ですね」

と、亀井が時刻表を見ていった。

「あと、三十分か」

「金井は、それに乗っているんでしょうか？」

「かもしれないし、その次の連絡船かもしれないよ」

「だんだん、金井が、可哀そうになってきましたよ」

と、亀井がいった。

「しかし、人を殺しているんだ」

「それは、わかっています。だが、彼は、藤原マリ子が純粋に自分を愛してくれていると信じて、ここにやって来るわけですよ。それが嘘だとわかったとき、どんな気持ちになるでしょうかね」

「あまり、犯人に同情しないほうがいいね。同情してしまうところが、カメさんのいいところなんだが」

と、十津川はいった。

亀井は、頑固で、融通がきかない男だといわれている。

だが、本質的に犯人を憎み切れない性格だと、十津川は、見ていた。それは亀井の欠点でもあり、美点でもある。

駅の大時計の長針が、小さく動くのが見えた。

六時二十分になった。

4

駅の構内を見てきた岡田部長刑事は、駅長事務室に入って来ると、赤木警部に、

「ちょっと、妙なことになっています」

と、緊張した顔で告げた。

「何がだ？」

「麻薬取締官が二人、来ています」

と、岡田がいった。

「そんな連絡は来ていないぞ。本当なのかね？」

「二人の片方は、間違いなく取締官です。前に一度、会っていますから、間違いありません」

「その一人を、ここへ連れて来てくれないか。こっちの仕事を邪魔されたくないんだよ」

赤木は、怒ったような声でいった。

岡田は、すぐ出て行き、四十歳ぐらいの男を、連れて戻って来た。

男は、麻薬取締官の身分証明書を、赤木に見せた。

名前は秋山治（あきやまおさむ）といった。

「なぜ、あなた方が、函館駅に張っているんですか？」

と、赤木がきいた。

「実は、密告がありましてね。一八時四五分に着く連絡船『大雪丸』で、覚醒剤が運ばれて来るというんです。それにヘロインもですよ」

「それで、函館駅に張り込みですか？」

「その密告を信じていいかどうか、わかりませんが、一応、張り込んでみようということになったわけです。急なことなので、連絡できずに申し訳ありません」

と、秋山はいった。

「実は、こっちも、張り込みをやっているんですよ」

赤木は、胸を張るようにしていった。

「じゃあ、警察にも、同じ密告があったんですか？」

「いや、それは、ありませんがね。先日、ここで、覚醒剤の運び屋と思われる男が射殺され、一キロの覚醒剤を押収したんです」

「その事件なら、われわれも、もちろん知っています」

「覚醒剤の受取人と思われる人間は、だいたい見当がついているが、証拠がない。そいつが、今日明日中に、また、同じことを、函館駅を舞台にやると思われるので、こうしてわれわれが詰めているんです。相手に気づかれないようにね。それなのに、あなた方が構内をうろうろしては、ぶちこわしになるんです」

「目立つような行動は、取りませんよ」

「ところが、そうはいかないんだ」

赤木は、紙の上に函館駅の略図を描いた。

「いいですか。黒幕と思われる男は、駅の前のこのビルで、いつも双眼鏡で駅の様子を窺（うかが）っているんですよ。あなた方のように、見なれない人間がいて、それが不自然な動きをしていれば、奴は、取引を中止してしまうかもしれないんだ」

「それは、本当ですか？」

「嘘はいっていない。だから、われわれだって、下手（へた）に動けないんですよ」

「その男は、どんな人間ですか？」

「今の段階で、くわしいことはいえませんが、暴力団じゃありません。いわば、クスリには素人ですよ」

「素人が、手を出したわけですか？」

「金に困ってね。われわれとしては、クスリを運んで来る人間もだが、買い手の、この男も逮捕したい。だから、あなた方に動いてもらっては困るんですよ」

「しかし、われわれにも、クスリを押さえる責任がありますからね。一八時四五分の連絡船で、クスリが入ってくるという情報を得ながら、何もせずにいるわけには、いきませんよ」

秋山は、頑固にいった。

「函館駅に来ているのは、お二人だけですか？」

「まもなく、あと二人、到着します」

「四人で、連絡船から降りて来る乗客全員の荷物を調べる気ですか？」

「そのつもりです」

「そんなことをされたら、函館駅の連絡船桟橋は、大混乱になってしまいますよ。それだけじゃない。たとえ、運び屋は捕まえられても、こっちの取引相手は、逃がしてしまう」

「われわれに、どうしろというんですか？」

「『大雪丸』で、クスリが運ばれて来たとしても、その人間は必ず、函館駅のコインロッカーに入れます。それを、こっちの人間が取りに行く。われわれとしては、そこを逮捕したいんですよ。そこまで、待ってくれませんか」

と、赤木はいった。

「もし、コインロッカーに入れずに、クスリを持ったまま、町に消えてしまったら、どうするんですか？」

「必ず、コインロッカーを利用しますよ」

「その保証は、あるんですか？」

「保証？　それは、私の刑事としての勘だ」

　赤木は、怒ったような声を出した。

「大雪丸」の到着時刻が近づいていることが、赤木をいらだたせていた。

　こちらは、殺人事件を追っているのである。邪魔されて、たまるものかという気が、赤木にはある。

「じゃあ、われわれに、どうしろというんですか？」

　秋山も、むっとした顔できいた。

「この部屋でじっとしていてもらいたい。犯人を逮捕して、クスリを押収したら、クスリはあなた方に渡してもいい。ただ、それは、覚醒剤で、ヘロインということはないと思いますがね」

「密告では、ヘロインもといっていましたよ」

「警部。六時二十五分です」

　と、岡田がいった。

5

喫茶店から、藤原マリ子が出て来た。

粉雪は、依然として舞っている。眼の前が白くなる感じだった。

マリ子は、コートの襟（えり）を立て、顔を伏せるようにして、函館駅に向かって歩き出した。

十津川と亀井は、車を降りて、彼女のあとを追った。

粉雪が顔に当たって痛い。西本も二人に加わった。

マリ子は、息をはずませながら、ガラスの扉を開けて、駅の中に入った。コートについた雪を払い落とし、髪を直してから、切符を買いに行った。

マリ子が改札口を入ってから、亀井が切符売場にききに行った。

「札幌までの特急券を買ったそうです」

と、戻って来て、十津川にいった。

「何時の列車だ？」

「特急『北斗9号』です」

「というと、一九時〇二分発だな？」

「そうです。七時二分です」

「すると、金井は、やはり次の『大雪丸』で着くのか」

「そう思いますね。ホームで待ちますか？　それとも、連絡船の下船口で待ちますか？」

「彼女は、ホームで金井を待つ気だろう。われわれもホームにしよう」

と、十津川はいった。

三人も改札口を抜けた。

特急列車の到着する3、4番線ホームをのぞくと、ちょうど一八時二九分着の特急「北海2号」が、3番線に到着したところだった。

屋根が白くなっているのは、途中で、雪がかなり激しく降っていたのだろう。暖房した車内から、寒いホームに降りて来た乗客は、一様に白い息を吐き出している。

十津川は、マリ子の姿を探した。

乗客の列が途切れたとき、並んだ自動販売機のかげに、マリ子が立っているのが見えた。

すらりと背が高く、しかもモデルらしい化粧をしているので、いやでも目立つのだ。

4番線には、一九時〇二分に出る特急「北斗9号」が、すでに入っている。

(あの列車で、マリ子は、金井と一緒に札幌へ逃げる気なのか?)

と、十津川は思った。が、マリ子の金井に対する愛情が嘘だとすると、どうなるのだろうかとも考えた。

何を企んでいるのか? それがわからない。金井についていて、何か利益があるとは、思えなかったからである。

「彼女、いますね」

と、亀井が、十津川の耳元でいった。

「いるね」

「しかし、おかしいですよ」

といったのは、西本だった。

「何がだ?」

「藤原マリ子は、金井と二人で逃げようとしているわけでしょう。警察が追いかけているとだって、知っているはずです。それなら、地味な服装にするのが自然ですよ。なのに、真っ白なコートを着て、濃いサングラスをしていますよ。あれじゃあ、ことさら、目立つ恰好をしているとしか思えません」

「先日と、コートを変えてるな」

「こんな場合にも、モデルだという意識が抜けないんじゃありませんか」

「あれなら、われわれも見失わずにすみそうだよ」

「まもなく、『大雪丸』が着きます」

「私とカメさんは、ホームにいる。君は、連絡船桟橋に行ってくれ」

と、十津川は、西本にいった。

西本が、連絡船桟橋のほうへ行き、十津川と亀井は、3、4番線ホームに降りて行った。

マリ子は、十津川たちに気づいていないようだった。

すでに、ホームから、「北海2号」で着いた乗客の姿が消えている。連絡船に乗る人々は、乗船口のほうへ行き、他の人々は、駅のほうへ出て行ったのだろう。

粉雪は、相変わらず降り続いていた。

風が強まると、その粉雪が、ホームにも吹き込んでくる。

ホームの両側に列車が入っているので、それが、防風と防雪の役目を果たしてくれるといっても、車両と車両の間から、雪は吹き込んで来て、ホームをその幅だけ白くしていく。

十津川と亀井は、寒さにふるえながら、じっと、マリ子を見つめていた。

(いったい、彼女は、何を考えているのだろうか?)

と、十津川は思った。

純愛物語が嘘なら、今、彼女は、金井と会えることに、喜びは感じていないだろう。

それなら、何を思い、何を狙っているのか?

第十二章　射殺

1

赤木は、ホルスターの拳銃を確認してから、岡田部長刑事や他の刑事たちを促して、駅長事務室を出た。

六時三十五分になっていた。あと十分で、青森からの連絡船、「大雪丸」が、到着する。

麻薬取締官とは、とうとう、意志の疎通がはかれなかった。

連絡船から降りて来る乗客に対して、片っ端から手荷物検査をすることだけは、控えると約束したが、その他の行動を制限されたくないと主張して、平行線をたどってしまったのである。

赤木たちは、二名ずつコンビで、構内のコインロッカーを見張ることにした。

「大雪丸」から降りて来る乗客が、構内のコインロッカーに何かを入れないか、それをまた、駒田悟か彼の指示を受けた人間が、取りに来ないかを見張るのである。

もちろん、別の刑事二人が、駒田の監視にも当たっている。

赤木の持つトランシーバーに、その刑事の一人から連絡が入った。

――駒田が、営業所を出て、函館駅に向かいました。

「駒田ひとりか？」

――そうです。ひとりです。

「駒田本人が、乗り込んで来そうだよ」

と、赤木は、一緒にいる岡田にささやいた。

「彼も、必死なんでしょう。また失敗したら、もう彼は、終わりでしょうからね」

「いよいよ、『大雪丸』で、クスリが運ばれて来る公算が強くなったな」

「駒田が、入って来ます」

と、岡田がいった。

当の駒田悟が、駅の正面のガラスのドアを開けて、構内に入って来るのが見えた。

ドアが開くたびに、粉雪まじりの寒風が、構内に吹き込んでくる。

サングラスをかけた駒田は、立ち止まって、コートの肩についた粉雪を払っている。

そのあと、待合室の近くに展示されている白いジェミニを、ちらりと見やってから、レストラン・ミカドに入って行った。

そこから、様子を窺うつもりらしかった。

赤木と岡田は、太い柱のかげから、その駒田の動きを窺う形になった。

「駒田が、腕時計を見ています」

と、岡田が、小声でいった。

「『大雪丸』が着くのを待っているんだろう」

赤木も、小声でいった。

「取締官の連中が、邪魔をしないでくれるといいんですが」

「話をした二人は、自重してくれそうだが、あとから、まだ二人、来るそうだからね」

と、赤木がいった。

その二人の顔は、赤木は見ていないし、現在、駅構内のどこにいるかわかっていないのである。

「大雪丸」の接岸が近いらしく、鋭い汽笛が聞こえた。

2

じっと、近づいてくる連絡船桟橋を見つめている金井の顔に、容赦なく、粉雪が打ちつけてくる。

冷たいより、痛い。それが、金井の気持ちを悲壮にさせていた。

乗客たちは、降りる支度をして、もう列を作っている。どの乗客も、相変わらず、まだ冬支度で、着ぶくれの恰好である。

この前ここに来たときに比べると、乗客の数は少ない。あのときは、最終便だったせいだろう。

こちらに向かって、ギャングウェイが延びて来た。

金井は、乗客の列の一番うしろにつき、腕時計を見た。

六時四十七分。予定より二分遅れての接岸だった。

マリ子と一緒に乗る特急「北斗9号」は、一九時〇二分の発車である。時間は、まである。

マリ子は、打ち合わせどおり、切符を買って、ホームに待ってくれているだろうか。うまくいけば、二人で札幌へ逃げられるのだが。

下船が、始まった。

乗客が、次々にギャングウェイを通り抜けて行く。乗客が、小走りになるのは、特急「北斗9号」に乗るためだろう。

突然、乗客の一人が、猛烈な勢いで、駈け出した。

次の瞬間、近くにいた二人の男が、「待て！」と叫んで、その男を追い始めた。

他の乗客たちは、何が何だかわからずに、呆然と見守っていた。

金井にも、わからない。

(追っているのは、刑事か？)

と、思ったが、自分が追われていないのを幸いに、特急「北斗9号」の発車する3、4番線ホームに急いだ。

待機している「北斗9号」の姿が見えた。

金井は、階段を駈け降りた。

ホームに降り立ったとき、ふいに背後から、どっと人波が崩れてきた。

さっきの男が、逃げ廻った末、このホームに駈け降りて来たのだ。

押し倒された乗客が、悲鳴をあげる。

男は、片手に黒いボストンバッグを持ち、片手にナイフを振りかざしていた。

男は、ホームに足がついたとたんに、よろけた。

追って来た二人の男の一人が、飛びついた。

取り押さえたと思われたが、「わっ」と叫んで、男が胸をおさえて飛びはねた。

胸から、血が噴き出している。ボストンバッグの男が、相手の胸をナイフで刺したらしい。

ホームは、混乱した。

刑事たちが、駈けつけて来るのが見えた。

金井は、その混乱の中で、マリ子を探した。

白いコートを着ているということだったから、それを探した。

（いた！）

金井は、手を振った。

3

ホームの混乱は、十津川の予期しないものだった。

ナイフを振りかざして、男がホームを逃げ廻り、乗客は、悲鳴をあげて、右往左往している。

何が起きたのか、わからない。

男を追っているのも、道警の刑事ではなかった。が、そのうちに、赤木警部たちも駈けつけて来るのが見えた。

十津川たちは、その混乱したホームで、金井の姿を探した。

マリ子は、キヨスクのかげで、ホームを見つめている。彼女も、逃げまどう乗客の中に、金井の姿を探しているのだろう。

突然、亀井が、「あっ」と、声をあげた。

「どうしたんだ？」

「あそこ！」

「金井か？」

「いえ、拳銃を持った男がいます！」

亀井が、指さした。

ホームの柱のところに、背の高い、やせた男がいる。

ホームの混乱とは、まるで関係のない様子の男である。

その男は、週刊誌を左手で持ち上げるようにしているのだが、その下から銃口が見えた。

誰を狙っているのかは、わからなかったが、十津川は、反射的に身体を動かしていた。

ナイフの男は、ホームの端で捕まったらしい。

乗客の騒ぎも静まったが、こちらでは、無言のうちに戦いが始まっていた。

男の眼が、十津川と合った。

瞬間、男は身をひるがえした。階段を駈け上がる。

十津川は、亀井に、「金井を探すんだ！」と、叫んでから、男を追った。

途中で西本が合流した。

男は、駈ける。

中央改札口を、駈け抜けた。止めようとした駅員は、突き飛ばされて、転倒した。

「待て！」

と、西本が怒鳴った。

「拳銃を持ってるぞ」

十津川は、追いながら、西本に注意した。

男は、駅を飛び出すと、駅の建物に沿って、走った。

国鉄カーフェリーの乗り場の方向だった。

右に折れると、連絡船の船尾から、運んで来た車をエレベーターで降ろす場所に着く。

一台、二台と今の「大雪丸」で運ばれて来た車が出て来るのに、ぶつかった。

男は、車とすれ違う形で、奥に走り込んで行く。

男は、エレベーターに逃げ込もうとしたが、車を吐き出したエレベーターは、口を閉ざしてしまった。

男は、舌打ちして、横についている非常階段を駈け上がった。

十津川は、拳銃を取り出した。

「止まれ！」

と、非常階段を見上げて叫んだ。

男が、非常階段の途中で、立ち止まった。

男が、十津川に向かって、拳銃を射った。音は聞こえなかったが、十津川の耳元で、鋭く空気を引き裂く音がした。

西本が、男に向かって、射った。

鉄骨で組み立てられた建物の中で、銃声が響き渡った。

男が、よろめいた。

西本が、もう一発、射った。

男の身体が落下して、コンクリートの床に叩きつけられた。

4

十津川は、拳銃を手に持ったまま、男の傍に近づいた。

西本も、息をはずませながら、傍に来た。

男の身体から、どくどく、音をたてる感じで、血が噴き出していた。その眼は、もうつろである。何も見えていないだろう。

「救急車を、呼んでくれ」

と、十津川は、西本にいった。
ひとりになると、十津川は、屈み込んだ。
初めて見る顔である。
傍に、男の使った、サイレンサーつきの拳銃が転がっている。
「聞こえるか？」
と、十津川は、男の耳元でいった。
だが、男の顔には、何の反応も、表われなかった。
十津川は、相手の拳銃を自分のハンカチに包んで、コートのポケットに入れた。
それから、男の身体に触り、ポケットを調べた。
大金の入った財布があったが、身元を証明するようなものは、何も見つからなかった。
救急車が、やって来た。
十津川は、あとの処置を西本に委せて、函館駅に戻った。
亀井が、元気のない顔で、待合室の椅子に腰を下ろしていた。
十津川を見ると、立ち上がって近づいてきて、
「金井は、捕まえそこないました」

と、いった。

「突発的な混乱で、用心して、逃げたんだな？」

「そう思います。拳銃の男は、どうしました？」

「射ち合いになってね。今、西本君が、救急車で病院へ運んだよ」

「助かりそうですか？」

「いや、危ないな」

「何者なんでしょうか？」

「わからんよ。身元を証明するものは、何も持ってないんだ」

と、十津川はいってから、

「藤原マリ子は、どうした？」

「一応、連行して、駅の派出所に預けておきましたが」

「彼女は、何といったかね？」

「完全黙秘です」

「金井は、どこへ行ったか、わからないかね？」

「今のところ、わかりません」

「ホームを逃げ廻っていた男は、何だったんだ？」

「どうやら、『大雪丸』で覚醒剤を運んで来た運び屋のようですが、この件で、赤木警部は、大変、怒っておられます。理由は、よくわかりませんが」

と、亀井はいった。

十津川が派出所へ顔を出してみると、奥に、藤原マリ子が、硬い表情で腰を下ろしていた。

十津川の顔を見ても、そっぽを向いている。

「お茶を飲みに行かないかね？」

と、十津川は、マリ子に声をかけた。

マリ子は、びっくりした顔で、十津川を見上げた。

「私も、コーヒーでも飲もうと思っているんだ。どうだね」

と、もう一度、十津川は誘った。

マリ子は、ちょっと考えてから、黙って立って、十津川について来た。派出所でじっとしているのも、嫌だったのだろう。

十津川は、彼女を、駅構内のレストラン・ミカドに連れて行った。

客は、三人しかいなかった。ラーメンを食べている。

マリ子は、それを見て、

「コーヒーより、ラーメンがいいわ。お腹がすいてるの」

「じゃあ、私も、それにしよう」

と、十津川はいった。

「ねえ。私は、どうなるの？」

マリ子が、きいた。

「金井英夫は、殺人犯だ。それを逃がしたんだから、逃亡幇助ということかな」

「刑務所へ入れられるの？」

「君は、金井を愛しているんだろう？　それなら、一緒に刑務所へ入るのは、本望じゃないのかね」

十津川は、わざとそんないい方をした。

マリ子は、黙ってしまった。

ラーメンが運ばれてくると、黙って食べ始めた。

十津川は、ラーメンには手をつけず、煙草に火をつけた。

「今、金井はどこにいるんだね？」

「知らないわ」

「しかし、君は、修道院から、彼に連絡をとっていたんだろう？」

「今度は、どこに行ったか、わからないわ」

「それは、惜しいね」

「何が、惜しいの？」

「君が金井の行方を教えてくれて、われわれが逮捕できれば、君の罪は、消えるかもしれないからさ」

「本当？」

「ああ、われわれの目的は、あくまでも、金井を逮捕することだからね」

「知っていれば、教えるわ。でも、知らないのよ」

「どうも、よくわからないんだがね」

「何が？」

マリ子は、箸を置いて、十津川を見た。

「君は、今や、モデルとして名が通っている。美人で、スタイルもいい。そんな君が、どうして、殺人犯の金井にくっついて、逃げ廻っているのかね？」

「ただ、そうしたいからだわ」

「金井に惚れてるのかね？」

「さあ。どうかしら」

と、マリ子は笑ってから、

「ねえ。電話をかけたいんだけど」

「金井にか？」

「違うわ」

「じゃあ、誰にだね？」

「それは、個人のプライバシイだわ。駄目なら、かけないわ」

「いいさ。かけて来たまえ」

と、十津川はいった。

マリ子は、食堂を出ると、近くにある公衆電話のところに、歩いて行った。

十津川は、わざと動かずに、彼女を見ていた。

逃げたところで、あの顔とスタイルでは、簡単に見つけられると、思っていた。

マリ子は、電話の横にハンドバッグを置くと、小銭を取り出して、電話機の上に積み上げてから、かけ始めた。

ダイヤルは、見えない。

最初は、相手が出ないとみえて、いらだたしげに、電話機のフックを、指で叩いたりしている。

一度、受話器を置いて、しばらく考えていたが、また、どこかにかけている。

今度は、相手が出たらしく、小銭を次々に投げ込みながら、十五、六分、話していた。

それがすむと、マリ子は戻って来た。

「逃げなかったね」

と、十津川はいった。

「疲れてるの」

「どこへかけたんだ？」

「東京の私の弁護士よ。警察にかけ合って、私を釈放してくれって」

本当かどうかわからないが、マリ子は、そんなことをいった。

5

午後八時を過ぎて、赤木たちは、駅長事務室から、西警察署に引き揚げ、十津川と亀井も、藤原マリ子を連れて、西警察署に移った。

西本刑事が戻って来たのは、その頃である。

「病院に運んで、すぐ手術をしたんですが、駄目でした」

と、西本は、疲れた顔で、十津川にいった。

「何か喋ったかね？」

「意識不明のまま、死にました」

「何もわからずか」

「拳銃は、どうなりました？」

「札幌に送って、ニセ駅員が射殺されたときの弾丸との照合をしてもらうことになっている。おそらく、一致するだろうがね」

「あとは、指紋の照合に頼るより、仕方がありませんね」

と、亀井がいった。

「申し訳ありません。脚を狙ったつもりなんですが」

と、西本がいう。

十津川は、手を振って、

「仕方がないな。君が射たなかったら、私が殺されていたかもしれないんだ。射撃には、馴れている男のようだったからね」

と、いった。

十津川は、赤木に、男が死んだことを伝えた。

「この男は、前には、覚醒剤を運び出そうとしたニセ駅員を射殺したんですが、今日は、誰を狙っていたんでしょうね？」

と、赤木がいった。

「今日、３、４番線ホームで、大捕物がありましたが、あれは、やはり、クスリの運び屋ですか？」

十津川は、岡田部長刑事の出してくれたコーヒーを飲みながら、赤木にきいた。

「そうです。『大雪丸』で、覚醒剤を持って来た男です」

「死んだ男ですが、その運び屋を射つ気配はなかったですよ」

「すると、他に誰かを狙っていたわけですか」

「運び屋の名前は、わかったんですか？」

「さあ、どうですかね」

赤木は、顔をしかめた。

「どうしたんです？」

「麻薬取締官が、連れて行きましたよ。捕まえるのに、取締官の一人がナイフで切られて、二ヵ月の重傷ですからね。手柄をゆずるより仕方がないでしょう」

赤木は、面白くないという顔でいった。

岡田が、傍から、

「それで、警部は、ご機嫌斜めなんです」

「われわれとしては、なんとかして、駒田悟がクスリを受け取る現場を押さえようと思っていたんですよ。現に駒田自身、あのとき駅に来ていたんです。運び屋が持って来た覚醒剤を、コインロッカーに入れる。それを、駒田が取り出す。そこを、押さえられたはずだと思うんです。ところが、連絡船から降りて来た運び屋が、そこに張っていた取締官の一人の顔を、覚えていたんですよ。それで、あわてて逃げ出して、あの追っかけっこになったというわけです」

「なるほど」

「十津川さんが追いかけていた金井英夫は、どうなりました？」

と、今度は、赤木がきいた。

十津川は、笑って、

「見事に、逃げられました。しかし、まだ、函館の町にいるはずです」

「ひょっとして十津川さんは、金井という犯人に、同情されているんじゃありませんか？」

「なぜです？」

十津川は、びっくりしてきき返した。

「亀井刑事に伺ったんですが、金井という男は、罠にはめられて、四年も刑務所に入っていた。その仇討ちをしたみたいな話でしたが」

「それが事実でも、金井は、殺人犯ですよ。だから、一刻も早く捕まえたいと思っています」

十津川は、きっぱりといった。

第十三章　疑惑の中で

1

夜になっても、雪は降り続いている。

函館の町は次第に、白い色に蔽(おお)われていった。

金井は、公衆電話ボックスに入ると、電話帳で、ホテル・函館の電話番号を調べてかけた。

受話器を持っている手が、かじかんでくる。雪の中を逃げたので、靴はぐしょぐしょだった。

——ホテル・函館でございますが。

「そちらに、二十七、八の女性が、今日、チェックインしたはずなんだ。白いコートを着ている。何とか宏子というんだが、姓を忘れてしまってね」

――その方なら、多分、池内宏子様だと思います。おつなぎしますか？

「そうしてくれ」

と、金井はいった。

すぐ、若い女の声が出た。

――池内ですけど。

「連絡船で会った――」

――金井さんね。今、どこ？

「めちゃくちゃに、歩き廻ったんでね。とにかく、函館の町の中だよ」

――このホテルに来られる？

「なんとか、探して行くよ」

――私の部屋、七二三号室。七階のね。

「わかった」

――一階からエレベーターに乗ると、フロントに見られるから、地下から乗ったほうがいいわ。

「そうするよ」

――お腹すいてる？

「ああ」

――じゃあ、ルームサービスで、何か運ばせておくわ。

と、女はいった。

金井は、電話ボックスを出た。歩き出すと、たちまち、彼のコートも頭も、雪で白くなった。

池内宏子という女が、何者なのかわからない。だが、マリ子が消えてしまった今は、彼女のところへ逃げ込むより仕方がなかった。

ホテル・函館を見つけ、雪を払ってロビーに入ると、すぐ地下へ降りて行った。

エレベーターのボタンを押し、乗り込むと、七階へ上がった。暖房がしてあるので、冷えた身体が、ゆっくりあたたまってくる。

七階で降りて、廊下を探して歩いていると、五、六メートル先の部屋のドアが、細目に開いて、女の顔がのぞいた。

あの女だった。

「早く」

と、彼女がいった。

金井が身体を滑り込ませると、彼女は、すぐドアを閉め、チェーンロックをかけた。

「とにかく、食べて。決まりきった定食だけど」

と、池内宏子は、テーブルの上に並べたステーキ定食を指さした。

「その前に、ビールを飲みたいな」

と、金井はいった。

宏子は、備え付けの冷蔵庫から、缶ビールを二本取り出して、一本を金井の前に置き、一本を自分で飲んだ。

「なぜ、おれを助けてくれるんだ？」

金井は、ひと口飲んでから、宏子にきいた。

宏子は、ツインベッドの一つに腰を下ろして、金井を見ながら、

「あなたが、気に入ったからかな」

「おれのことを、前から知っているみたいだね。そうなんだろう？」

「それより、まず食べたら。お腹すいているんでしょう？」

金井がきくと、宏子は笑って、

「そうだね」

金井は、ビールを置き、食事を始めた。

宏子はニコニコ笑いながら、見ていた。

（池内宏子——）

と、金井は、ナイフとフォークを動かしながら、頭の中でその名前を呟いてみた。

前に聞いたことがあるようでもあり、ないようでもある。

食事がすむと、金井は、改めて宏子を見た。

「なぜ、おれのことを、知っていたんだ？」

「そんなことは、どうでもいいでしょう。問題は、これからどうするかだわ」

「もう、どうにもならないよ」

「なぜ？　藤原マリ子さんがいなくなったから？」

「それもあるが、これ以上、逃げようがない気がするんだ。北海道を逃げ廻っても、仕方がないような気がしてね」

「ずいぶん、弱気になってしまったのね」

「疲れてるんだ」

「じゃあ、お休みなさい」

宏子は、母親のような顔つきをした。

「君はどうする?」

「あなたの寝顔でも、見ているわ」

と、宏子はいった。

それに対して、金井は、何かいいたかったが、疲労が強すぎて、喋るのが面倒くさくなり、ベッドに横になった。

(この女は、何者なのだろう?)

それを知りたいのだが——と、思っているうちに、眠ってしまった。

刑事に追いかけられて、捕まって、両手に手錠をかけられた夢を見て、眼をさました。

ベッドに横になったまま、女に眼をやると、彼女は、じっとテレビを見つめていた。

そっと、起き上がって、彼女の背後からのぞき込むと、今日の函館駅の事件のニュースをやっていた。

拳銃を持った男が、カーフェリーのエレベーターのところで警察と射ち合いの末、射殺されたと、いっている。

――この男は、身元はまだわかりませんが、さる三月二十五日に、同じ函館駅で、ニセの駅員を射ち殺した人間と同一人と思われています。サイレンサーつきの拳銃を持っていたことから、いわゆる殺し屋で、何者かに頼まれて、今日も、函館駅にいたものと考えられます。

アナウンサーが喋っている間、問題の拳銃の写真が、ブラウン管に映っていた。

「殺し屋か」

と、金井は呟いた。

宏子が振り向いて、

「殺されなくて、よかったわね」

「おれが？」

と、金井は笑って、

「なぜ、おれが、射たれるんだ？　こいつは、組織にでも頼まれて、覚醒剤の運び屋を狙ってたんだよ」

「そうかしら？」

「三月二十五日には、覚醒剤を持ち出したニセの駅員を、射殺しているじゃないか」

「でも、今日は違うわ。ニュースの前のほうでやったんだけど、今日、連絡船から降りたクスリの運び屋は、函館駅を逃げ廻って、捕まったんだけど、殺し屋は、一度も狙わなかったわ」

「ちょうどその場に、居合わせなかったからだろう？」

「そうは思わないわね。殺し屋は、あなたを狙ってたのかもしれないわ」

「おい、よしてくれよ」

と、金井は苦笑して、

「なぜ、おれが殺し屋に狙われなきゃいけないんだ？　おれは殺人犯で、警察に追われてるんだぜ。放っといたって、刑務所に放り込まれるんだ。それなのに、おれを殺す必要なんかないじゃないか」

「三月二十五日のことを、冷静に考えてみて」

「何を？」

「あなたは、今日と同じように、函館駅にいたんでしょう？」

「ああ。時間は違ってたがね。あのときは、深夜だった」

金井は、そのときのことを思い出しながら、宏子にいった。

テレビのニュースは、もう終わっていた。

宏子は、スイッチを切って、椅子に座り直した。

「本当に、聞きたいのか？」

「聞きたいわ」

「ホームに降りて行くと、彼女がいた。彼女のほうも、おれを見つけて、手をあげたんだが、おれは、彼女の近くに、刑事がいるのに気がついたんだ。尾行していやがったのさ。おれは、あわてて逃げた。彼女も、おれについて走り出した。その直後に、あの事件が起きたんだ。おかげで、おれは逃げられたんだがね」

「射たれた人は、あなたの近くにいたんじゃないの？」

「ああ、おれのうしろで、悲鳴があがったからな」

「それは、あなたを射ったのに、たまたま、そのニセ駅員に命中したのかもしれないわ」

「そんなこと、あるかよ」

「あなたは、逃げようとして、走ったんでしょう？」

「そうだよ」

「射たれたニセ駅員も、逃げようとして、走ってたのよ。それが、ぶつかったとき、殺し屋は、射ったんじゃないかしら。だから、あなたを射ったのに、ニセ駅員に、当たったんだわ。そして、今日も、あなたの命を狙って、函館駅に待ち受けてたんだわ」

「待ってくれよ。それは、おかしいよ」

「どうおかしいの？」

「第一、おれを殺してトクする奴なんかいるものか。第二に、おれが、今日の『大雪丸』で函館駅に着くことを、どうして、殺し屋が知ってたんだ？」

「一人、知っていた人間がいたはずよ」

「一人？」

「ええ」

「マリ子のことをいってるのか？」

「彼女は、知っていたんでしょう？」

「じゃあ、マリ子が、殺し屋を使って、おれを殺そうとしたっていうのか。そんなのナンセンスだよ。理由がないじゃないか。おれが嫌になったんなら、殺し屋なんか傭わなくたって、おれの居場所を警察に密告すればいい。おれは、捕まって、刑務所に放り込まれる。前科はあるし、殺人だから、死刑になる可能性もある。簡単に別れられるんだよ」

「彼女の愛情を、今でも信じているのね？」

「それは、損得なしだからね。今のおれを愛したって、彼女には、何のトクもない。むしろ、マイナスばかりだよ。だから、信じられるのさ」

「私ね。藤原マリ子という娘を、よく知ってるの」

「君も、モデルをやってるのか？　いや、おれは、たいていのモデルを知ってるが、君は違うな」

「彼女は、二つのことにしか興味のない女よ。お金と有名になること」

と、宏子はいう。

金井は、クスクス笑って、

「今のおれは、両方とも関係ないね。だから、彼女は、純粋だと思ってるんだよ」

「冷静に考えてみて。そんなマリ子が、普通なら、今のあなたを好きになるはずがないわ。何か企みがあって、あなたに近づいたのよ。そのくらいわかるでしょう？」

「いや、わからんね。おれは、四年間、刑務所に入っていた。その間、彼女は、ずっと面会に来てくれ、手紙をくれたんだ。四年間もだよ。何の企みがあったというんだ？」

「その間、彼女は、ずっと中央興産の専属モデルだった。それだけじゃないわ。契約料も、うなぎのぼりに高くなっていったわ。素敵なスポーツカーも、プレゼントされたわ」

「結構なことじゃないか。彼女は美人で、スタイルがいいんだから、有名になって当然だよ」

「中央興産の緒方社長のことは、あなただってよく知ってるでしょう？　よく、あの会社の仕事をしてたんだから」

「知ってるよ。よく、あの社長と銀座に飲みに行ってたからね」

「それなら、緒方以外の他の男に夢中になってる女を、自分のところの宣伝ポスターに使うと思う？」

宏子に言われて、金井は、返事に窮(きゅう)してしまった。確かに彼女のいうとおりなのだ。緒方という中央興産の社長は、自分の好悪(こうお)で仕事をやる男だ。

「緒方社長は、そんなに甘くはないわ」

と、宏子がいった。

「藤原マリ子みたいに、刑務所へ入っている男のところへ通っている女は、絶対に使わないわ。ところが、彼女に限ってずっと使っているし、今いったように、契約料を上げ、スポーツカーまで買い与えたわ。何かあると思うのが、自然じゃないかしら」

「――」

金井の顔が蒼くなった。

(あの女は、おれを、ずっと欺していたのか？　しかし、なぜ、何のために――)

2

東京では、依然として、日下と清水の二人の刑事が、捜査を続けていた。

二人は、四年前、金井がよく飲みに行っていたという銀座のクラブに足を運んだ。

すでに十時を廻っているが、この辺りは、まだ宵の口である。

函館で起きた事件のことはもう、二人は連絡を受けていたし、九時のテレビのニュースでもやっていた。

「函館は、雪だといってたね」

銀座の路地を歩きながら、日下がいった。

「藤原マリ子は逮捕されてしまって、金井はどう動くのかな。絶望して、無茶な行動に走らないといいが」

と、清水がいった。

二人は、雑居ビルの最上階にあるクラブ「紫（むらさき）」に入って行った。

銀座でも高級で知られ、客も有名人が多いといわれる店である。

二人は、四十代のママに話を聞くことにした。

「若い刑事さんなのね」

と、ママは微笑した。

「金井英夫を知っていますか？　四年前に、よくここへ来ていたというんですが」

日下が、いくらか緊張した顔で、きいた。今日も、客の中に、よく知っている芸能人の顔があった。

「ええ。知ってるわ。それはよく、いらっしゃいましたよ。あの頃は、売れっ子の写真家でしたものね」

「ひとりで、来ていたんですか？」

「いえ。きれいなモデルさんや、タレントさんと一緒だったり、仕事先の社長さんと一緒だったりで、ひとりのときは、なかったんじゃないかしら」

「中央興産の社長とも、来ていましたか？」

「ああ、緒方さんね」

と、ママは肯いてから、

「確か、金井さんは、緒方さんのところの仕事をしていたんでしょう。よく、ご一緒に来ましたよ。他に、きれいなタレントさんも一緒で」

「松本弘というカメラマンも、一緒に来ていました？」

「殺された人でしょう。ときどき、金井さんに連れられて、来てましたよ。あの頃は、金井さんに、いつも怒鳴られていたわね」

「弟みたいに、可愛がられていたんじゃないんですか？」

「弟分だとはいってたけど、よく怒鳴られてたのも、本当よ。使い走りみたいだったわ」

「松本のほうは、どうだったんですか？」

「金井さんのことを、先生って呼んで、絶対服従」

「その松本が、金井を罠にかけて、刑務所へ放り込んだという噂があるんですよ。ママさんに、何か心当たりはありませんか」

清水がきくと、ママは、ライターを指先でもてあそびながら、しばらく考えていたが、

「あのことかしら――」

「どんなことですか？」

「金井さんが、車で人を轢いて捕まったでしょう。その一週間ほど前に、金井さんが、緒方社長と一緒に飲みにみえたのよ。松本さんも一緒でね。それに、モデルさんや新人の女性歌手なんかも一緒だったわ。いつもは、緒方さんが威張っていて、金井さんはそのご機嫌とるんだけど、あの日は、金井さんが悪酔いしちゃって、緒方さんのことを、くそみそにいい出したのよ。色呆けとか、金儲けばかりするなとか、写真のことなんか何もわからないくせしやがってとかいってたんだけど、そのうちに、バカヤロウって怒鳴って、緒方さんを殴りつけたのよ。余程、日頃、心の中に鬱積していたものがあったのね」

「そんなことがあったんですか」

「私は、あわてて、止めたわ。金井さんは、酔っ払ってるから、自分が何をいってるか、わかっていなかったんじゃないかしら。緒方さんのほうは、真っ青になってたわ。まずいなと思ったのよ。緒方さんって人は、酒の上だからって、相手を許す人じゃないの。根に持つ人なのよ。私は、松本さんに、とにかく金井さんを連れて帰らそうとして、店の外に押し出したの」

「それから、どうなったんですか？」

「松本さんが、すぐ戻って来ちゃったのよ」

「なぜです？」

「わからない。だけど、戻って来ると、松本さんは、怒り狂っている緒方社長の傍へにじり寄って、何か喋ってるのよ。何をいったかわからないけど、緒方さんの表情が、少しずつ平静になっていくのがわかったわ。そのあと、松本さんがカウンターに来て飲んでるから、金井さんはどうしたのって、きいたわ。心配だったからよ。そしたら松本さんは黙って、ニヤニヤ笑ってるのよ」

「何の意味だったんですか？」

「わからないわ。最後は、松本さん、緒方さんにくっついて、帰って行ったんだけど」

「妙な話ですね」

「ええ。もう一つあるわ。そのあとで、金井さんが事故を起こして、刑務所に入ったでしょう。それから、松本さんは、緒方社長と、一緒によく来るようになったのよ。有名にもなるし、お金もできて、ホステスが、偉くなったわねっていったら、松本さんは、頭は使いようだっていって、笑ったんですって」

「妙だけど、面白い話ですね」

と、日下はいった。

ママは、急に声をひそめると、

「私が、緒方さんのことで、いろいろ喋ったことは、内緒にしておいてね。あの人、怖いから」

「そんなに、怖い男ですか？」

「ええ。うちのホステスで、今はやめたけど、ユミって娘がいたのよ。頭のいい娘でね。酔った緒方さんが、彼女を抱きすくめて、いきなり、手を変なところに入れたの。ユミが怒って、緒方さんをぶったのよ。緒方さんが悪いんだけど、お客様でしょう。私は謝って、その場はなんとかおさめたんだけど、次の日、ユミが店を終えて、自分のマンションに帰ったら、エレベーターを降りたところで襲われて、頭を殴られて、一ヵ月の重傷を負ったわ」

「緒方が、やったんですか？」

「いえ、若い男だったそうよ。警察は、物盗りだって、いったけど、緒方さんが金をやって、誰かに殴らせたんだっていう噂が立ったのよ」

「しかし、証拠はないんでしょう？」

「ええ。でも、そのあとも、彼女には、よく脅迫の電話がかかったのよ。ちょっときれいだからって、いい気になるなとか、その顔をめちゃめちゃにしてやるぞとかってね。物盗りが、そんな脅迫の電話をかけてくるかしら？」

3

夜半を過ぎていたが、日下たちは、「紫」のママの話を、函館にいる十津川に、電話で伝えた。

「面白い話だね」

と、十津川もいった。

「四年前の事件には、ひょっとすると、緒方も絡んでいるのかもしれません」

「どう絡んでいるのかが、問題だがね」

「そうなんです。これから、どうしますか？　緒方のことを、もう少し調べますか？」

と、日下はきいた。

「緒方は、今、どこにいるのかな？」

「多分、この時間なら、田園調布の自宅だと思いますが」

「緒方のことを調べるより、彼の行動に注意してくれないか」

と、十津川はいった。

「緒方が、何か、動きを示すと思われますか？」

「君のいうように、四年前の事件に緒方が絡んでいるとすれば、金井が松本を殺して逃げ廻っていることに対しても、心おだやかでないかもしれないじゃないか。何かの動きを示す可能性がある――」

「わかりました」

日下は、すぐ清水と、車で田園調布にある緒方の邸に向かった。

昼間でも静かな住宅街が、十二時を過ぎた今は、夜の底に沈んでいる感じだった。

緒方の邸も、この辺りの他の邸と同じく、長く塀をめぐらせ、門柱には、監視カメラがついている。それに、ベンツが三台入りそうな車庫がある。

日下は、車庫と門が見える位置に車を停めた。

「緒方が、本当に動くのかね？」

助手席の清水が、半信半疑の顔でいった。

「警部は、その可能性があると、いっていたよ」

「しかし、どんなふうに動くんだ？」

「おれには、わからないよ」

「金井は、今、函館にいるんだろう？　緒方も、函館に出かけるのかね？」

「まさかね。おれが最初見張るから、君は、寝ていろ」

と、日下はいい、運転席で、煙草に火をつけた。

4

金井は、急に、ベッドの上に起き上がった。

枕元の明かりをつけた。

「どうしたの？」

宏子が、ベッドに横になったまま、きいた。

金井は、宏子のベッドのところに来て、腰を下ろし、彼女の顔をのぞき込んだ。

宏子は照れたように手で顔をかくして、

「化粧を落としてるのよ。あんまり見ないで」

「やっぱりそうだ」

金井は、ひとりで肯いている。

「何が？」

「君の顔を思い出したのさ。前に、おれは、中央興産の社長室を訪ねたことがあった。あのとき、社長室に、緒方さんと、一緒にいた人だ。社長秘書だった人だろう？名前は聞かなかったが」

金井がいうと、宏子は、はっきりと顔を彼に向けて、

「今は、もう社長秘書じゃないわ」

「じゃあ、元社長秘書でもいい。なぜ、おれを助けてくれたんだ？」

「連絡船の中でいったように、女の興味ね」

と、宏子は笑った。

「本当の理由を、教えてくれないか」

「あなたが、可哀そうだから」

「そりゃあ、おれは、殺人犯で警察に追われているから、哀れな存在さ。しかし、それで助けたというのは、合点がいかないな」

「じゃあ、他のいい方をしてもいいわ。あなたが馬鹿だから」

「おれが？」

「そうよ。何もわかってないんだから」

「ちょっと、待ってくれ」

金井は、むっとした顔になって、宙を見すえた。

「怒ったの？」

「考えてるんだ！」

と、金井は怒鳴った。

金井は、立ち上がって、狭い部屋の中を歩き廻った。

(おれが、何もわかってないだって？)

もし、それが当たっているのなら、松本を殺したのも間違いだったのか？　いや、そんなはずはない。四年前の交通事故は、松本が仕掛けたものなのだ。


急に、金井は立ち止まって、もう一度、宏子を見た。

「社長か？」

「わかったの？」

「思い出したんだ。四年前に、おれは、交通事故で人を殺した。いや、松本にはめられたんだが、その直前に、おれは、緒方社長と銀座の『紫』で飲んだ。酔っ払って、おれは、ほとんど覚えてないんだが、あとでママに、緒方社長にからんで、殴ってしまったと教えられた。くってかかって、罵倒(ばとう)したともだ。おれは謝ろうと思ったんだが、謝りそびれているうちに、あの事故が起きた」

といってから、金井は、蒼い顔になって、

「緒方社長が、それを、根に持って――」

「あの人は、怖い人！」

「しかし、おれを罠にかけたのは、松本なんだ」

「あなたが刑務所に入ってから、松本さんは、緒方社長のお覚えがめでたくて、中央興産のポスターの仕事は、全部、彼がやるようになったわ」

「畜生！」

と、金井は歯がみをして、

「松本が、緒方社長に取り入って、おれを罠にかけたんだな？」

「松本さんが、ご機嫌とりに、あなたに侮辱(ぶじょく)されて怒り狂っている社長に、提案したのよ。あなたを痛い目にあわせてやるってね」

「あれは、松本が考えて、緒方社長が実行させたのか」

「あなたが、ポルシェを運転して、はねるのを見たという目撃者がいたでしょう？」

「ああ。裁判で証言した男女だ。屋台のラーメン屋をやっている夫婦だった。松本とは、何の関係もない夫婦だったのに、なぜ、おれに不利な証言をしたのかということだったんだ」

と、いってから、金井は、眼をむいて、

「あの男は、緒方社長が、用意したのか？」

「気がつくのが、四年おそかったみたいね。今では、お金を出してもらって、店を構えてるわ」

「あの緒方の野郎！」

「もう一つ、忘れてることがあるわ」

「もう一つ？」

「藤原マリ子のことよ。彼女も四年前から、急に中央興産の仕事に、使われるようになったのよ」

「しかし、おれを罠に落とすのに、彼女が何かしたとは、思えないんだが」

「やっぱり、男の人って、女には甘いのね」

「まさか――」

「そのまさかよ」

「四年間、刑務所へ面会に来てくれたり、手紙をくれたりしたのは、緒方のためにしてたのか？」

「社長にとって、いちばん、不安だったことは、何だと思う？　松本さんを使って、あなたを罠に落とし、刑務所へ放り込んだことがわかってしまうことだわ。刑務所に入っているあなたが、そのことに気がついてしまうのではないか。それが心配になった緒方社長は、藤原マリ子に探らせることにしたのよ。中央興産のポスターのモデルにしてやるというのをエサにしてね。それから、彼女は、あなたを愛しているふりをして、刑務所に面会に行くようになったんだわ」

「おれが、緒方が絡んでいるのに気がつくかどうか、探っていたというのか？」

「それに、若くて美人の彼女が、愛しているといって、面会に行ったり、手紙を出したりすれば、あなたが、それで嬉しくなって、余計なことは、考えないと思ったのかもしれないわ」

「しかし、彼女は、おれが殺人犯として追われるようになってからも、一緒について来てくれているよ」

「そうね。そして、函館駅で、二回も事件が起きたわ。あなたが彼女と落ち合う時間に合わせてね」

「ちょっと待ってくれよ。殺し屋が狙ったのは、本当におれだというのか？」

「もしそうだったら、あなたが、あの時間に函館駅に行くのを知っていて、殺し屋に教えられたのは、彼女だけだったんじゃないかしら？」

第十四章　最後の賭け

1

夜明け近くに、雪が止(や)んだ。

太陽が顔を出し、一面の銀世界になった函館の町を照らし出した。

内勤助役の矢野は、その雪景色の中を、函館駅に出勤した。

駅長室に顔を出すと、一枝駅長が、

「きれいな雪景色だね」

「函館には、やっぱり、雪が似合います」

「早く事件が解決して、この雪景色みたいに、きれいになってくれるといいんだが」

一枝がいったとき、若い駅員が、飛び込んで来た。

「岸壁のところに、死体が浮かんでいました！」

と、駅員は、大きな声で叫んだ。

「死体？」

「連絡船が接岸するところです。男の死体が浮かんでいたんです。今、公安官が見に行っています」

「警察には？」

「これから、連絡します」

「矢野君。一緒に行ってみよう」

と、一枝駅長はいった。

矢野は、駅長と二人、駅長室を出ると、第一乗船通路を戻り、第一乗船口を出た。

まだ、連絡船は、入っていなかった。

岸壁には、作業員や公安官が、五、六人かたまって、海をのぞいていた。

矢野と駅長も、岸壁へ降りて行った。

茶褐色の海面に、男の死体が浮かんでいて、作業員が、それを引き揚げようとしていた。

赤木警部と岡田部長刑事も、駈けつけて来た。

死体は、やっと引き揚げられた。

ロープで縛られた、若い男の死体である。

のぞき込んだ赤木警部が、うめくような声で、

「駒田悟だ」

と、呟いた。

「ロープが切れていますね」

と、岡田がいった。

「多分、重しをつけて、沈めたんでしょうが、ロープが切れたんですよ。それで、この岸壁に打ち寄せられた――」

「殺したのは、駒田に金を貸していた奴か、それとも、昨日、クスリを運んで来た男の仲間か、どちらかだろうね」

「駒田と取引して、二度も失敗すれば、相手は、頭に来ますからね。特に、昨日は運び屋が捕まり、クスリも押収されてしまいましたからね。駒田が裏切ったと思ったとしても、おかしくありません」

「すると、あの運び屋と一緒に、仲間も連絡船に乗って、函館に来ていたということかな」

「その可能性がありますよ。前にニセ駅員が射殺されていますからね。護衛役が、一緒に来ていたのかもしれません。きっとそいつが、駒田が裏切ったと思って、殺したんですよ」

「まだ、この町にいるかもしれん。非常線を張るように、指示してくれ」

と、赤木はいった。

岡田が飛んで行ったあと、代わりに、鑑識がやって来た。

彼らが死体の写真を撮っている間、赤木は、ある感慨をもって、駒田の死体を眺めた。

この男を捕まえたいと思っていたのだ。証拠をつかんでである。それなのに、今、この男は、ものいわぬ死体になってしまっている。

2

十津川たちは、西警察署にいた。

「駒田悟が、死体で見つかったそうですね」

と、亀井がいった。

「そうらしい」

十津川が肯いたとき、東京から電話が入っていると、教えられた。

十津川が、礼をいって、受話器を取ると、

「日下です」

と、相手がいった。

「今、どこだ？　どこかの待合室みたいな音が聞こえるが」

「羽田空港のロビーです」

「羽田？　じゃあ、緒方が、今、羽田に来ているのか？」

「そうです」

「緒方が、動き出したか」

と、いいながら、十津川は、腕時計に眼をやった。

午前九時を廻っている。

「緒方は、どこへ行くつもりなんだ？」

「まだ、わかりません。彼は、ロビーで、誰かを待っているみたいです」

「誰なのか、わかるかね？」

「いや、わかりません」

と、日下がいい、それに清水の声が、

「今、男が、緒方のところに来ました。大きな男です」

「何者か、わからないか？」

「わかりません。年齢は三十歳くらいで、用心棒タイプですね。力は強そうです。あっ、その男が、航空券を買いに行くようです」

と、清水が、あわてた声でいった。

また、日下の声に代わった。

「どうやら、緒方は、函館に行くようですね。今、清水君が、同じ便の切符を買いに行っています」

「今から乗るとすると、何時の便だ？」

「一〇時五五分の全日空８５７便です」

「すると、こっちへ着くのは、一時頃か。函館に着いたら、また連絡してくれ」

と、十津川はいった。

亀井たちのところに戻ると、緒方が来るようだと、告げた。

「用心棒同伴らしい」

「何をしに来るんですかね？」

亀井が、不審げにきいた。

「日下君たちの調べで、四年前の金井の交通事故は、緒方が松本にやらせた可能性が出てきた。となると、金井がそのことに気づいて、喋るか、松本を殺したみたいに、復讐に来るのが、緒方にしてみれば、怖いわけだよ。だから、その前に、金井をどうにかしようという気なんだろう。金井が警察に捕まる前にね」

「すると、あの殺し屋も、金井を狙っていたのかもしれませんね」

「それを、これから調べてみようじゃないか」

「しかし、奴は、もう、死んでしまっていますし、まだ、身元もわからないんです」

「藤原マリ子にきけば、わかるかもしれんよ」

十津川は、留置されている藤原マリ子と、取調室で会った。

こちらは、亀井と二人である。

マリ子は、昨夜は、眠れなかったといい、赤く充血した眼をしている。

「そろそろ、何もかも話してくれないかな」

と、十津川はいった。

「私が、殺人犯の金井さんを好きになったって、かまわないでしょう」

「そんな嘘は、もういいんだ。実は、中央興産の社長が、何もかも喋ってくれたんだよ」

十津川がいうと、マリ子の顔色が変わった。

「社長さんが？」

「そうだよ。君は、金井なんか愛してない。君は、金井の行動を監視して、どこで会うかを、殺し屋に教えていたんだ。そうでなければ、拳銃を持ったあの男が、金井の現われる場所に、ちゃんと来ているはずがない」

「――」

「いいかね。君が、金井が何時に、どこに現われるから、殺してくれと頼んだのなら、大変な罪になるんだよ。殺人を指示したわけだからね」

「ちょっと待ってよ」

と、マリ子は、あえぐような口調になって、

「本当に、社長さんが、何もかも喋っちゃったの？」

「そうだ。ただ、君が勝手にやってることで、自分としては、迷惑しているんだといっていたがね」

「嘘よ！」

マリ子は、顔を真っ赤にして、叫んだ。

「どう嘘なんだね？」

「ぜんぶ、あの社長さんに頼まれたことよ。金井さんが、刑務所に入ったでしょう。そしたら、社長さんが、私を呼んで、金井さんを愛しているふりをして、ときどき、面会に行けっていうの。手紙も出せって。その代わり、中央興産の宣伝ポスターには、私を使ってくれるっていったわ。有名になりたかったから、すぐOKしたわ。金井さんが、人を殺して、逃げてからは、一緒に行動して、金井さんの動きを、ある男に必ず知らせるようにいわれたわ。それが殺し屋だなんて、私は、全然、知らなかったわ」

　と、マリ子はいった。全然、知らなかったというのは、怪しいなと思ったが、十津川は、微笑して、

「よく、話してくれたね」

「信じてほしいわ。ぜんぶ、社長さんに頼まれてやったことなのよ」

「もう一つ、教えてくれないか。今、金井は、どこにいるのかね？」

「そんなこと、わからないわ」

「しかし、絶えず、連絡場所は決めていたんじゃないのかね？　そうじゃないと、ばらばらになったとき、連絡が、とれなくなる」

「金井さんは、追われてる身だから、私のほうが、次に行くところを、教えておくことにしてたわ」

「じゃあ、今度は、どこにしてあったんだ？」

「湯の川温泉の『たしろ』って旅館」

「そこに、前に行ったことがあるのかね？」

「いいえ。修道院で見た函館のパンフレットに出ていたので、金井さんと連絡するとき、いっておいたのよ。でも、私が行ってないから、まごついてるかもしれないわ」

「これから、そこへ行きたまえ。そして、金井から連絡があったら、教えるんだ。うちの西本刑事を、同行させる」

と、十津川はいった。

3

西警察署では、必死になって、駒田悟を殺した犯人を追っていた。

マークしていた駒田をむざむざ殺されたうえ、その犯人が捕まらないでは、面子（メンツ）にかかわるのだ。

赤木は、麻薬取締官に引き渡した運び屋を、強引に西警察署に連れて来て、自ら訊問にあたった。

この男の名前は、青木稔で、東北に勢力を持つF組の組員とわかった。

駒田がF組と覚醒剤の取引を始めたのは、北海道内の暴力団とでは、あとで問題が起きると困るからだろうし、警察に知られる確率が高いと考えたからだろう。

青木を厳しく追及した結果、同じF組の組員で、秋野五郎という男が、一緒に来たことがわかった。

赤木は、その男の指名手配をした。

十津川のほうは、じっと待つより仕方がなかった。

中央興産の緒方社長は、用心棒らしい男と、一三時着の飛行機で函館空港に着き、函館駅近くのホテルに入った。

日下と清水も、そのホテルに入ったと、連絡してきた。

西本刑事は、藤原マリ子と湯の川温泉の旅館「たしろ」に、着いている。

あとは、どう動くか、見守るだけである。

「金井は、どこにもぐり込んでいるんですかね？」

亀井は、函館の地図を見ながらいった。

ホテル、旅館は片っ端から調べたが、どこにも、金井らしき人間は、泊まっていないのだ。

午後三時を過ぎて、やっと西本から電話がかかった。

「金井から、電話が来ました」

と、西本は緊張した声でいった。

「今、部屋か？」

「いえ、廊下の公衆電話を使っています」

「それで、どこで会うことに、決めたんだ？」

「明日の正午に、外人墓地です」

「外人墓地とは、ロマンチックだが、それは藤原マリ子が、決めたのかね？　それとも、金井がいったのかね？」

「金井のほうです」

「彼の居所は？」

「わかりません。藤原マリ子がきいたんですが、いわなかったそうです」

「なぜかな？　金井も、用心しだしたということかな」

「そうかもしれません。私は、これから、どうしますか？」

「そこにいてくれ。また、金井から、かかってくるかもしれないからね」

と、十津川はいった。

4

翌朝早く、西本から電話が入った。狼狽した様子で、

「あの女に、逃げられました！」

「見張ってなかったのか？」

「同じ部屋に泊まるわけにはいかないので、別室で休んだんですが、起きてみると、消えていました。申し訳ありません」

「仕方がないだろう」

と、十津川はいった。

「逃げられたんですか？」

亀井が、きいた。

「そうなんだよ。問題は、金井と会う場所を変えるかもしれないことだ」

「そんなこと、するでしょうか？」

「もし、彼女が旅館『たしろ』にいなくなったときは、何という旅館と、金井は決めているかもしれないからね」

「しかし、なぜ、彼女は、逃げたんでしょうか？」

「わからないが、緒方と関係があるかもしれないね」

「彼女は、緒方が函館へ来ていることを、知らないんじゃありませんか？」

「だが、東京の中央興産に電話すれば、わかるんじゃないかね」

「彼女が、緒方に、連絡すると思いますか？」

「可能性はあるよ」

「しかし、緒方が、彼女を警察に売ったと思っているんじゃないですか？」

「それでも、金目当てに、金井のことを、緒方に知らせるかもしれないよ」

と、十津川はいった。それ以外に、マリ子が逃げた理由が、考えられなかったのだ。

「どうします？」

「念のために、君と西本君で、正午になったら、外人墓地に行ってくれ。違ったときの用心に、私はここにいて、日下君たちと連絡をとるよ」

と、十津川はいった。

5

金井は、腕時計を見て、立ち上がった。

「どうしても行くの？」

と、宏子が、きいた。

「ああ、行ってくる」

「やめたほうがいいわ。彼女の愛情は嘘だし、だいいち、会う場所が急に変わったのは、おかしいわ」

「おかしいが、彼女の話だと、前に電話したときは、傍に刑事がいたから、わざと違う場所をいったんだそうだ」

「それを信じるの？」

「さあね」

金井は笑った。

「これは、罠だわ！」

宏子は、大きな声でいった。

「かもしれないな」

「それでも、会いに行くの?」

「ああ」

「まだ彼女に未練があるの?」

「未練はないさ。ただ、これまでのことに結着をつけたいんだ。だから罠なら罠でもいい。それを、この眼で確かめたいんだよ」

「殺されるかもしれないわ」

宏子は、蒼(あお)ざめた顔でいった。

「緒方が待っていて、おれを殺すと思うのかい?」

「ええ、あの社長は、平気で殺すわ」

「それもいいさ」

と、金井は笑ってから、

「君は、どうしてそんなに、おれのことを心配してくれるんだ?」

と、きいた。

「私にもわからないわ。あなたが、可哀そうだったからかもしれないし、社長が憎いからかもしれない」

「緒方を憎むようなことがあったのか？」

金井がきいた。が、宏子は、黙っていた。

金井は、それ以上、きかなかった。

何かあったのだろうが、その何かがわかっても、どうということもない。

「宏子さん――か」

「え？」

「キスしたいな」

金井は、宏子に近づいて、彼女の背中に手を廻した。

宏子は、抵抗しなかった。

眼を閉じている彼女の唇に、金井は、軽く触れた。

6

「外人墓地には、誰もいません！」

電話してきた亀井の声が、怒鳴っているように聞こえた。

十津川の表情が、険（けわ）しくなった。やはり、会う場所を変えたのだ。

次に、日下から電話が入った。

「今、緒方がホテルを出ます」

「一人でか?」

「いや、もう一人の男と一緒です。例の用心棒らしい大男です」

「君と清水でがっちりマークして、離れるなよ。緒方は、金井を殺す気かもしれんからな」

と、十津川はいった。

緒方は、金井の口を封じるために、マリ子を使って、殺し屋に金井の居場所を通報させた。

その殺し屋に、前科のある拳銃を渡したのは、仕事をすませたあと、警察に逮捕させる気だったからか。警察が逮捕しようとすれば、あの男が抵抗して死ぬことも、計算に入れていたのかもしれない。

そう考えてくると、ますます金井が危険に思えてくるのだ。

十津川は、腕時計に眼をやった。十二時をすでに二十分も過ぎていた。場所だけでなく、会う時刻も変更したのだろうか。

十津川は、じりじりしながら、次の連絡を待った。

十七、八分して、やっと日下から二度目の電話があった。
「今、五稜郭公園です」

「五稜郭か」

十津川は、机の上に広げた函館の地図に、素早く眼を走らせた。

「緒方たちが車を降りて、中に入っていくので、われわれもそうします」

と、日下が早口でいった。

「頼むぞ。私もすぐ行く」

十津川は受話器を置くと、部屋を飛び出した。

7

金井は、お濠（ほり）にかかっている木製の橋を、ゆっくり渡ってくる緒方を見つけた。

（やはり、マリ子は、緒方に知らせたんだな）

と、思った。

緒方に金をもらい、彼女自身は、素早く逃げたのだろう。

だが、不思議に、彼女には腹が立たなかった。

腹が立つのは、緒方に対してと、何も知らなかった自分自身に対してだった。

緒方は、大男と一緒だった。

その大男の顔に、見覚えがあった。松本と一緒にいた男である。

確か青山とかいう名前で、ボクサー崩れだった。

緒方が橋を渡り切ったところで、金井が、

「緒方さん」

と、声をかけた。

緒方は、足をとめて、声のしたほうを見た。

「ああ、金井君か。来たんだね」

「藤原マリ子が、あなたに教えたんだな」

「まあ、奥へ入って、ゆっくり話をしようじゃないか」

緒方は、金井の肩を抱くようにして、奥へ向かって歩き出した。

金井は、一緒にいる大男が、気になった。が、それは口にせずに、

「なぜ、社長が、わざわざ函館までやって来たんですか？」

「君のことが、心配でね」

「そういえば、殺し屋が死んでしまいましたね」

「何をいってるのか、わからないな」

「おれの口を塞ぐために、あなたがわざわざ、函館まで寄越した男のことだよ」

「そんな男は、知らんね」

「今日は、藤原マリ子にいくらやるんだ？　ここで会うことを、彼女が教えた褒美にさ」

「なんだか、君は、私を誤解しているようだが」

「もう、何もかも、わかってるんだよ。四年前のおれの交通事故は、あんたと松本が組んで、作り上げたってこともね」

金井が、いった。

緒方が、顔をしかめた。

次の瞬間、金井は、背中に激痛が走るのを感じた。

青山がいきなり、ナイフで刺したのだ。

金井は、よろめいて、地面に倒れた。眼の前が、暗くなってくる。

「くそ！」

と、叫んだ。

8

日下と清水が、突進した。

狼狽(ろうばい)した緒方が、振り返った。大男が身構える。

日下が、緒方に飛びかかった。二人の身体が、もつれたまま転がった。

清水は、青山に組みついた。が、投げ飛ばされた。

起き上がった清水の眼に、逃げて行く青山の大きな背中が見えた。膝をついた姿勢で、清水は、拳銃を抜いた。

「止まれ！」

と、叫び、それでも逃げる大男に向かって、清水が射った。

青山が、がくっと、膝をつくのが見えた。

9

背中を刺された金井は、すぐ、救急車で病院へ運ばれた。

緊急手術が行なわれた。その結果、一時、意識を回復し、駈けつけた十津川や亀井に向かって、

「緒方は、どうしました？」

と、きいたりした。

「緒方も、君を刺した大男も、逮捕したよ」

十津川が、金井の耳元に口を寄せていった。

金井は、満足そうに小さく笑ったが、そのあと、また意識を失ってしまった。

夜になって、金井は、息を引き取った。

彼の最後の言葉は、「宏子――ホテル・函館」だった。

意味がわからないままに、十津川と亀井は、市内のホテル・函館に急行した。

確かに、該当する女が泊まっていたが、十津川たちが行ったときは、すでにチェックアウトしたあとだった。

10

ドラが鳴った。

宏子の乗った「八甲田丸(はっこうだ)」は、ゆっくりと岸壁を離れた。

船と見送りの人との間に交わされていた何本ものテープが、海に落ちていく。

一九時四〇分、もう海は暗い。

宏子は、コートの襟(えり)を立て、デッキにもたれて、次第に遠ざかっていく函館の灯を眺めていた。

宏子は、金井がどうなったか知っていない。もちろん、死んだこともである。

だから、金井が、この船に乗っているような気さえしていた。

函館の街のきらめく灯が、少しずつ遠ざかり、やがて宏子の視界から消えていった。

解説

小柳治宣（日本大学教授・文芸評論家）

青森・函館間の青函連絡船が正式に廃止されたのは、一九八八年（昭和六十三）九月十九日のことなので、今年（二〇一八年）は、それからちょうど三十年目にあたる。今も、『津軽海峡・冬景色』を口ずさみながら、かつての本州と北海道とをつなぐ、飛行機以外の唯一の交通手段であった「連絡船」を懐かしむ人は少なくあるまい。私もその一人なのだが、そこには、他の交通手段では味わえない独特の旅情があり、ロマンがあった。また今では決して乗ることが不可能な「連絡船」は、若い人にとっては憧れの対象であるのかもしれない。

だが、西村京太郎ワールドに一歩足を踏み入れれば、青函連絡船といえども、現役の姿のままで、運行してくれるのだ。それを我々は、三十年前にタイムスリップしたような気分になりながら、心地好く体感することができるのである。

同じことは、廃止になった路線や車両にもいえる。西村京太郎ワールドでは、それらを居ながらにして、今味わい、楽しむことができるのだ。だから、その作品数たるやギネス級の十津川警部シリーズのほとんどが絶版になることなく、今も出版社を変えながら再刊され続け、多くの読者の支持を得ているのである。

『東京駅殺人事件』、『上野駅殺人事件』に続く駅シリーズの三冊目にあたる本書の初刊本（光文社カッパ・ノベルス）が出たのは、一九八六年（昭和六十一）九月のことである。青函連絡船が廃止される一年半前にタイムスリップして読者は、当時を今として体感することができるはずだ。その世界は、三十年という時間の隔たりを感じさせないばかりか、瑞々しいロマンの香りを失ってはいない。そこが本書の読みどころの一つでもある。

そして、もう一つの読みどころは、多視点描写による巧みなストーリィ展開にある。追う者と追われる者、駅を管理する者、そして殺し屋——といった具合に場面ごとに視点を変えながら、スピーディかつサスペンスフルに描き出されていく物語は、読んでいることを忘れさせ、まるで映画を観ているような気分にさせられてしまう。「小説（活字）を読む」ことを、「映画を観る」ことへと、読者の頭（意識）の中で転換させてしまう小説——それが本書であり、西村京太郎の世界そのものなのである。

だから、読者は「読むこと」を意識することなく、心ゆくまでその世界に浸ることができるのだ。本書はその典型ともいえる作品の一つである。

もっとも作者と映画とは切っても切れない関係にあり、映画的手法が創作にあたって随所に盛り込まれていることは、作者自身の次の言葉からも明らかである。

〈若いときは映画が大好きで、一年で千本は観たんじゃないかな。まだ作家としては売れていないころだったので、午前中は上野図書館で本を読んで小説を書いて、午後になると浅草まで歩いて行って、観ていたんですよ。三本立て百円。洋画あり、邦画ありで、名作からくだらないのまで、とにかくごちゃごちゃ観ました〉

（「巻頭スペシャル・インタビュー」『IN★POCKET』二〇〇二年三月号）

では、そろそろ本書のなかに足を踏み入れてみよう。物語は追われる犯人の視点で幕を開ける。売れっ子のプロカメラマンだった金井英夫は、酔って運転した車で老人をはねて死亡させた罪で、懲役四年の判決を受けた。だが、それは巧妙に仕組まれた罠（わな）で、金井には身に覚えのないことだったのだ。出所後、自分を罠にはめた弟分のカメラマン・松本を殺害し、故郷の函館へと逃亡する。空港は警察が張り込んでいると思い、上野駅から東北新幹線で盛岡に向かい、東北本線で青森に出たあとは、青函連絡船「摩周丸」に乗ったのだった。

〈近づいて来る函館の町は、灰色の空の下で、眠っているように見えた。船内のアナウンスが、「あと七分で到着です」と、告げている。続いて、函館発の列車の案内が始まった。〉

こうした描写が胸に響く。飛行機でも列車（北海道新幹線）でも、決して味わうことのできない、北の島への到着間近のシーンである。船内のざわつきが耳に聞こえてきそうだ。函館に入った金井が、心の寄り処としているのは、間もなく彼を追ってやってくるはずの一人の女の存在だった。かつて金井は、被写体だったモデルや女優たちの何人もと派手な付き合いをしていたが、刑務所に入ると彼女たちとの縁も即座に切れた。

ところが、一人だけ出所するまで金井を励まし続けてくれた女がいた。藤原マリ子という名のモデルだ。カメラマン時代に特に深い関係にあったわけでもなく、当時は一七五センチという背の高さだけが目立つ、無名に近いモデルだったのだ。ところが、今では眼をみはる美女に変身し、レコードまで出すほどの売れっ子に成長していた。

そのマリ子を追って、十津川と亀井は飛行機で北海道へ来ていた。十津川は函館に先回りし、亀井が札幌のホテルに泊まったマリ子を監視することになった。マリ子もやがて函館まで行き金井と接触すると考えたからだ。

一方、函館駅ではコインロッカーが暴力団の覚醒剤取引に利用されているという噂があり、それとの関係は不明だが、一週間前には暴力団員が一人、待合室で殺害されていた。しかも、こうした覚醒剤取引に〈駅員の一人が関係している〉という投書が、函館駅公安室長宛に届いたのである。そのことを知らされた内勤助役・矢野の心は重い。部下を疑わねばならないのだ。

逃亡する金井、その金井のもとへ向かうマリ子、その跡を追う十津川と亀井、そして彼らの目的の地ともいえる青函連絡船の終着、函館駅の助役・矢野と、視点を変えながら進んできた物語の中に、突如姿を現わすのが、殺し屋の瀬沼だ。

〈駅そのものも好きだが、瀬沼は、駅に来ている人間を、コーヒーを飲みながら観察するのも好きだった。〉

という、虚無的な雰囲気の殺し屋は、函館の風土とも妙にマッチして、本作の香辛料的な役割を果たしている。読後の印象も決して小さくはないが、十津川シリーズでは珍しいタイプの登場人物といえるのではあるまいか。彼が誰を狙っているのかも、興味が尽きない。

そして、いよいよそれぞれの人物が函館駅に集結した、その時事件が起こる。札幌からマリ子と亀井を乗せた「北斗10号」が4番線ホームに到着する。十津川がその二人のあとを追いながら、金井らしい男の姿をちらりと目にする。

その一方でコインロッカーからボストンバッグを取り出して駆け出す駅員を、助役の矢野と公安室長の山根が追いかける。

栈橋に向かう乗客たちの流れの中に、追われる者たちが逃げ込んでいく。そのまま行けば、連絡船の乗船口である。

とそのとき、逃げる駅員が悲鳴をあげて、転倒した。サイレンサーつきの拳銃で撃たれたのだ。狙撃した犯人の姿は見えないが、読者には瀬沼と分かるはずだ。その間に、金井とマリ子は、十津川と亀井の前から姿を消してしまっていた。連絡船に乗った形跡はないので、函館の街の中に潜伏したと考えられるのだが……。

深夜の函館駅で繰り広げられる緊張感あふれる、このシーンは、まさに映画を観ているかのごとき気分にさせられる。

だが、物語はまだほんの序盤にしかすぎない。サスペンスに富んだ逃亡劇は、ここからが本番なのである。終盤には、粉雪の舞う北の駅に殺し屋が再び姿を見せる。そして、そこには、追う者と追われる者が前回と同じように居合わせることになるのだ。それは果して偶然なのか、それとも必然なのか。殺し屋の銃口は誰に向けられていたのか……。

東京では、十津川の部下、清水と日下の二人がマリ子のことを、交友関係を中心に徹底的に調べていた。すると、彼女の意外な素顔が明らかになってきたのだ。マリ子は、本当に金井に対する愛情のみで殺人犯と一緒に逃亡しているのだろうか。それとも別の目的があるのか。あるとすれば、それはいったい何なのか……。

ところで、本作には逃亡中の金井に救いの手を差し延べる、宏子という謎の美女が登場する。金井が犯人に仕立てられた「事件」の裏側を知ってもいるようなのだが、この宏子もまた、殺し屋の瀬沼と同様に、本作に色を添える重要な役割を担っている。それが、どんな色かは、読む者によって異なるだろうが、作者がこの人物に何かを託しているのではないかとも思えるのだ。というのも、本作は、その宏子が青函連絡船「八甲田（はっこうだ）丸」で函館を去るシーンで幕を閉じるからである。

〈宏子は、コートの襟（えり）を立て、デッキにもたれて、次第に遠ざかっていく函館の灯を眺めていた。（中略）

函館の街のきらめく灯が、少しずつ遠ざかり、やがて宏子の視界から消えていった。〉

胸にジィーンと訴えてくるような最後もまた、実に映画的である。ミステリーという枠を超えて、いい小説を読んだな——という気分が読後にじんわりと感じられてくるはずである。

「いい小説」という意味では、本作と同じく北海道を舞台とした『北帰行殺人事件』がすぐに思い浮かんでくる。あの橋本刑事の運命を変えることになる復讐劇を描いたこの作品は、本作と並んで十津川シリーズ屈指の秀作である。一九八一年（昭和五十六）十二月が初刊（光文社カッパ・ノベルス）なので、青函連絡船が登場するのは、言うまでもない。本作と併せて読むことをお薦めしたい。

一九八六年九月　カッパ・ノベルス
一九九〇年二月　光文社文庫

函館駅殺人事件（はこだてえきさつじんじけん）

西村京太郎（にしむらきょうたろう）

講談社文庫

定価はカバーに
表示してあります

2018年6月14日第1刷発行

発行者――渡瀬昌彦
発行所――株式会社 講談社
東京都文京区音羽2-12-21 〒112-8001
電話 出版 (03) 5395-3510
　　 販売 (03) 5395-5817
　　 業務 (03) 5395-3615

Printed in Japan

デザイン―菊地信義
本文データ制作―講談社デジタル製作
印刷―――大日本印刷株式会社
製本―――大日本印刷株式会社

ISBN978-4-06-511511-4

講談社文庫刊行の辞

二十一世紀の到来を目睫に望みながら、われわれはいま、人類史上かつて例を見ない巨大な転換期をむかえようとしている。

世界も、日本も、激動の予兆に対する期待とおののきを内に蔵して、未知の時代に歩み入ろうとしている。このときにあたり、創業の人野間清治の「ナショナル・エデュケイター」への志を現代に甦らせようと意図して、われわれはここに古今の文芸作品はいうまでもなく、ひろく人文・社会・自然の諸科学から東西の名著を網羅する、新しい綜合文庫の発刊を決意した。

激動の転換期はまた断絶の時代である。われわれは戦後二十五年間の出版文化のありかたへの深い反省をこめて、この断絶の時代にあえて人間的な持続を求めようとする。いたずらに浮薄な商業主義のあだ花を追い求めることなく、長期にわたって良書に生命をあたえようとつとめるところにしか、今後の出版文化の真の繁栄はあり得ないと信じるからである。

同時にわれわれはこの綜合文庫の刊行を通じて、人文・社会・自然の諸科学が、結局人間の学にほかならないことを立証しようと願っている。かつて知識とは、「汝自身を知る」ことにつきていた。現代社会の瑣末な情報の氾濫のなかから、力強い知識の源泉を掘り起し、技術文明のただなかに、生きた人間の姿を復活させること。それこそわれわれの切なる希求である。

われわれは権威に盲従せず、俗流に媚びることなく、渾然一体となって日本の「草の根」をかたちづくる若く新しい世代の人々に、心をこめてこの新しい綜合文庫をおくり届けたい。それは知識の泉であるとともに感受性のふるさとであり、もっとも有機的に組織され、社会に開かれた万人のための大学をめざしている。大方の支援と協力を衷心より切望してやまない。

一九七一年七月

野間省一